I0537807

LA ROSA DE LOS TIEMPOS

Mercurius

Traducción y edición
de Pablo Brito Altamira

ISBN: 978-9974-91-322-6

Para MELISSA
Bagur
1988

A wind rose from the chapter "Of Aiery Meteors"
-then considered a part of "physics"- in Charles Morton's
manuscript in the American Philosophical Society Library.
Photo courtesy of the American Philosophical Society.

60 *

LA OFICINA DEL ÚLTIMO PISO EN EL GRAN RASCACIELOS.
* Los capítulos están numerados en orden inverso, a modo de cuenta
regresiva. (NdA)

El magnate discute con un personaje estrafalario. Un anciano menudo, de
cabello y barba blancos, camisa y pantalones marrones, descoloridos.

En caso de que todo esto fuera posible -dijo Murch un poco nervioso-
tomará al menos quinientos años realizarlo...Y todo lo que tenemos, señor...
El magnate mira al techo tratando de recordar cómo se llamaba su
interlocutor...
-   Colony
-   Todo lo que tenemos son diez minutos, Sr. Colony; como le advertí
al comienzo de la entrevista.
El anciano se levanta y grita.
-   ¡No!...- El enclenque personaje había saltado de su silla como un
mono al que se intenta arrebatar la última banana. Su índice huesudo
golpeaba repetidamente el legajo manoseado que descansaba encima del
escritorio del millonario.
-   Aquí está todo explicado... - Ahora el mono parecía llorar de
impotencia.
Murch dirigió su mirada hacia el montón de papeles. La primera hoja
mostraba un diagrama circular.
Con lápices de colores alguien había escrito lo que parecía ser el título,
algo descentrado y bastante torcido:

"Geografía del Tiempo"

Murch   miró su reloj. En cinco minutos comenzaría la   reunión de directorio, y a estas alturas no tenía siquiera las cotizaciones de Wall Street.

El magnate cambia de opinión repentinamente.

Sin saber por qué, caminó maquinalmente hacia el mueble que ocupaba la pared de su derecha y abrió las dos hojas de madera de caoba   que encerraban una kitchenette.
Sirvió dos cafés y colocó las tazas encima de la mesita central sin decir una palabra.
Con un gesto indicó a Colony que se trasladara al sofá.
  Mientras éste, un poco indeciso, se levantaba de su silla, Murch se acercó nuevamente al escritorio y pulsó un botón en su control telefónico.
- Srta. Connors -dijo- arregle que el Sr. Roland asista por mí al directorio. Dígale que tengo que tomar un avión a...- Miró el rostro asustado del viejo y completo la frase - A Venus.
Y dio por terminado el mensaje.

59
LA CASA DEL ARQUITECTO.
El   arquitecto Bruno Thompson aprovechaba el inusual silencio de su esposa para desahogarse.
- Se han vuelto locos, Laura, locos. Quieren un proyecto para
algo así como un Disneyworld del tamaño de toda Europa en tres meses. ¿Y Sabes quién lo va a estudiar?-

Laura lo miraba impasible.
Pensaba para sí que a su esposo le convendría hacer un poco más de ejercicio. A pesar de que era un hombre alto (y calvo, había que aceptar eso) el exceso de peso tenía una marcada preferencia por manifestarse en su barriga.
-¡No! No es el propio Murch, ni el directorio, ni el jefe de inversiones. ¡No!. Es una banda de mocosos superdotados... o qué sé yo, que mascan chicles que les da un viejito sin dientes que parece salido de una historieta.-

Laura sorbía sin recato su bebida de frutas tropicales con soja mientras decidía cuál era la mejor estrategia a adoptar para convencer a su marido de que iniciara una dieta baja en calorías.

- Tómalo con calma, querido. ¿Qué es un proyecto más o menos en tu vida? Bruno se preguntó por un instante por qué su mujer se veía tan flaca y huesuda últimamente, pero enseguida volvió a sus otras preocupaciones.

- Tendré que viajar esta noche a Barcelona -dijo- Al viejo se le ha ocurrido que tenemos que basarnos en unos planos de Gaudí.

-No te preocupes -respondió Laura con su mejor sonrisa maternal- Todo saldrá bien; ya verás.
Y sorbió la última porción del líquido amarillento.

58
UNA CABINA TELEFÓNICA EN LA NOCHE BAJO LA LLUVIA.

-Es escalofriante, Marga.-
Del otro lado de la línea, Marga se preguntaba por qué su hermano Matthew tendría una preferencia tan marcada por ese adjetivo.
Aunque tenía dieciocho cumplidos, pero para ella seguía siendo un crío que necesitaba corregir ciertos modales.

-¿Te imaginas? Han escogido mi manuscrito entre ciento treinta proposiciones, entre otras la de...No, no te preocupes por lo que cuesta la llamada, ya te dije que estoy contratado ¿No?...
¿Cómo?...No, no te puedo adelantar nada, el asunto debe mantenerse en estricto secreto, me han encarecido mucho eso; pero te puedo decir que es el sueño de cualquier escritor... Mañana me trasladan a Sacramento... es un trabajo de equipo; hay un antropólogo y un historiador, y no sé cuántos otros especialistas... No, desde allí no podré llamarte hasta que no se concluya el trabajo, ni escribirte tampoco; pero hoy
mismo te enviaré un cheque para que te ocupes de todo durante mi ausencia...Pero ¡Óyeme!... Es escalofriante; no quiero hacerme ilusiones, pero creo que esto es algo de lo que se va hablar muchísimo. Por lo que sé, viene a ser como crear una nueva cultura desde sus orígenes... pero me parece que ya estoy hablando de más. ...Bueno Marga, cuídate y dale un abrazo de mi parte a Paul ¿Si?...Sí Marga, voy a fumar a menos, te lo prometo. Sí Marga, hasta pronto.

57
LA OFICINA DEL DIRECTOR DE RECURSOS HUMANOS.

- En mi opinión, es sencillamente imposible; más aún, es absolutamente absurdo.

- No le estamos pidiendo su opinión, Dr. Hoffman- respondió Colony pausadamente- Sólo queremos que se ocupe de reclutar al equipo que realizará el experimento. Las condiciones están suficientemente detalladas en el informe que le entregué.

-¿Informe?- El Dr. Hoffman comenzaba a ponerse rojo.-
¿Llama informe a esa fantasía delirante escrita en lenguaje pseudo-científico? No sé quién es el responsable de ese "informe", pero le aclaro que, aparte del interés que pueda tener a nivel literario, o filosófico, lo cual me tiene sin cuidado... desde el punto de vista científico no cumple los requerimientos mínimos que exigiría un estudiante del primer semestre de Psicología. No me explico cómo semejante adefesio puede haber sido siquiera tomado en cuenta por el comité de investigaciones de la Fundación...

- Como verá -dijo Colony siempre serenamente- estoy aquí para disipar todas sus dudas: El responsable del adefesio soy yo, en primer lugar. En segundo lugar, el punto de vista científico me tiene tan sin cuidado como a Ud. la literatura o la filosofía.

Hoffman bajó la mirada y respiró hondo. ¿Por qué no habría seguido la rama clínica de la carrera? Si lo hubiese hecho, habría tenido que tratar con sicóticos graves, pero al menos hubiese tenido la libertad de administrarles sedantes cuando hacía falta. - Por último- continuó Colony- el comité de investigaciones no tiene la menor idea de la existencia del informe. Es el propio Aloysius Murch quien ha ordenado la ejecución del proyecto, y yo, Hoffman, soy su ejecutor. En otras palabras, o lo toma... o buscamos quien lo haga por Ud.-

Cualquier estudiante del primer semestre de psicología que hubiera presenciado la entrevista, habría concluido que, a juzgar por la reacción del Dr. Hoffman, cuarenta años dedicados al estudio del comportamiento humano no eran bastantes para adquirir destreza en la práctica del autocontrol.

56
LA OFICINA DE OTRO DIRECTOR.

- Ma...Que?
- Machurupuy.
- ¿Y qué es eso?
- Un pueblecito costero, en el Mar Caribe.
- ¿Y por qué no el lago Titicaca, o la Plaza de la Paz Celeste, en Pekín? ¿Sabe Ud. lo que me está pidiendo, Colony?-

Don Richards masticó otra pastilla de Maalox #2 y volvió a emprenderla contra el nudo de su corbata, ya bastante desarreglada. De pronto, el militar que había en él, intacto a pesar de los diez años de trabajo gerencial, subió a la superficie y golpeó la mesa con los puños cerrados.

- ¡Ridículo! – gritó- Ridículo e injustificable. Tenemos por lo menos una docena de lugares estudiados, probados y confiables para pruebas secretas. Hemos invertido cientos de miles en organizarlos y mantenerlos. Cualquiera de ellos cumple los requisitos de su proyecto. Y ahora Ud. me viene con las costas del Caribe. ¿Qué cree que hará con los turistas? ¿Decirles que se trata de la última película de Spielberg?

-Como idea no es mala; aunque estoy seguro de que encontrará Ud. una mejor, Coronel.-
Colony se apoyó en su bastón y se retiró con una sonrisa.

El Jefe de Operaciones Especiales de la Fundación Murch se llevó a la boca otra tableta de antiácido y giró en su silla. A través del ventanal, las colinas nevadas de New Jersey eran una postal navideña perfecta. O casi.

55
OTRA PLANTA DEL RASCACIELOS.

Mientras el ascensor recorría vertiginosamente los pisos del edificio, Marisa trataba de imaginar por qué una compañía como aquella, dedicada, según había averiguado, a la industria pesada, solicitaba los servicios de un astrólogo.
Las dos hojas cromadas de la puerta se separaron con un respetuoso silencio y una pantalla de monitor situada a poca distancia dejó ver, en letras verdes luminosas, un anuncio que rezaba: "BIENVENIDA . Pase adelante. Nuestro representante, Sr. Demet, le espera ansiosamente. Oficina 302".
Debajo del mensaje, una flecha señalaba hacia la izquierda.
Marisa saco un espejito de su cartera y dio un visto bueno a su maquillaje. No estaba acostumbrada a arreglarse y, además, llevaba un vestido prestado.
La puerta de la oficina 302 se abrió automáticamente. Marisa entró.
Una gran mesa de conferencias dominaba el recinto. En una de las paredes, un pizarrón electrónico mostraba restos indescifrables de anotaciones de carácter incierto. La puerta se cerró a sus espaldas; una voz mecánica profirió:

"Srta. Tahl, el Sr. Demet estará con Ud. en un instante. ¿Gusta un café?".

Marisa titubeó, sin saber cómo comunicar su respuesta a la voz.
Esta prosiguió, imperturbable:
" ¿Crema y azúcar?"-
Esta vez, Marisa acertó a mover la cabeza en un signo afirmativo. Casi automáticamente una puerta insospechada se abrió en la pared opuesta a la del pizarrón, y algo parecido al carro de bebidas de los aviones se acercó a ella emitiendo un silbido intermitente. Cuando estuvo a una distancia de pocos centímetros, se detuvo. La voz metálica, que procedía de algún lugar del artefacto, dijo: "Bienvenida. Yo soy el Bar ambulante computarizado PG3, pero puede llamarme Peggy. Como Ud. ve, traigo el café que pidió. Pero puedo traerle también cualquier otra cosa que desee. Me refiero a comestibles, por supuesto...". A continuación, la máquina produjo un ruido semejante al de una risa humana, con el que sin duda se reía de su propio chiste, poniendo en evidencia el ingenio de sus programadores. Marisa esperó a que el ruido cesara y luego levantó con precaución la taza de café. En ese momento hizo su entrada Frank Demet.

Era un joven de unos treinta años, delgado, rubio, de cabellos ensortijados y ojos azules. Su sonrisa equívoca y sus manos frías hicieron que Marisa pensara inmediatamente en una carta natal con el sol en Acuario, pero se sentaron y Demet comenzó a hablar con su voz melodiosa y juguetona. Marisa pensó dos cosas: Que podía ser también un Libra y que, en cualquier caso, era un muchacho adorable. -Te habrás hecho muchas preguntas antes de venir aquí -dijo- Algunas de ellas quedarán sin respuesta por el momento. Nuestra compañía tiene reglamentos muy estrictos en materia de información. En lo que se refiere a tu trabajo, hemos estudiado tu expediente y estamos satisfechos, por lo que te puedo anunciar, oficialmente, que estas contratada. Entre tú y yo, hubo algún reparo en cuanto a la edad...Algunos piensan aún que los astrólogos son ancianos barbudos con bonete y túnica. Por suerte para ambos, he leído todos los libros de tu padre, y también los dos que has publicado tú. No quiero decir que mi opinión tenga tanto peso como para provocar una decisión por sí sola, pero ya sabes, los geminianos tenemos nuestros recursos.-
Marisa lo observaba y callaba. Sólo dos veces en su vida se había equivocado al deducir el signo solar de una persona: Con el hombre que tenía delante y con John Torvis, su primer novio.
Frank continuó como si ella hubiera expresado sus pensamientos en voz alta: -Tendremos que trabajar juntos por unas cuantos meses, así que ya dispondremos de tiempo para estudiar las sinastrías de nuestros

horóscopos. Creo que conoces las condiciones del contrato... – Marisa levantó las cejas.

-    Tendrás que residir en el territorio de la Compañía por el tiempo del proyecto. Pero no te inquietes, tendrás todas las comodidades; no estoy hablando de este edificio. Tenemos una preciosa villa-laboratorio en las afueras de Sacramento; bosque, piscina, tenis, etc., etc. ¿Alguna pregunta?

-    Sólo una minucia- dijo ella sin ironía- ¿Se puede saber en qué consiste mi trabajo?-

Frank la estudió sin pestañear, como los buenos jugadores de póker cuando reciben una apuesta fuerte.

-    Me esperaba esa pregunta - respondió, descartando esta vez la sonrisa - Queremos que nos asesores sobre el momento más propicio para dar inicio a un viaje.

-¿Hacia dónde?-

Nada le costaba más a Frank Demet que hacer que alguien tomase en serio alguna aseveración suya. Pero esta vez, nadie se hubiera atrevido a pensar que bromeaba.

-...Al futuro, Srta. Tahl...Al futuro.

54

EL PSICÓLOGO PIENSA.

Hoffman había tenido que ir rindiéndose paulatina e inevitablemente ante la evidencia. Los niños -a juzgar por las grabaciones en vídeo que le había suministrado Colony- estaban técnicamente incontaminados por la civilización. No eran salvajes, porque sabían leer y escribir, y conocían mucho más de matemáticas que cualquier niño civilizado de su edad, sin hablar de las demás ciencias. Todo lo que al parecer se había omitido en su formación, era la Historia y la Geografía. Esta última se reducía a la pequeña isla de la que jamás habían salido. Tenían información acerca de otros lugares, porque en la biblioteca de la escuela había cerca de veinte mil libros, sin duda lo mejor de la literatura universal. Pero para ellos, todo lo que allí se relataba era ficción y mitología, producto de las fértiles imaginaciones de sus antepasados Lev Tolstoi, Bill Shakespeare o Miguel de Cervantes y Francisco de Quevedo. Se comportaban respecto a ello de la misma manera que los jóvenes civilizados de comienzos del siglo XXI, que saben que los personajes de "Star Wars" existen únicamente en la imaginación del libretista, y se hacen pocas preguntas acerca de cuál sería su comportamiento si vivieran en el planeta de Matrix.

En cuanto a su curiosidad sobre lo que habría más allá de las costas de la isla, o qué explicación darle a los infrecuentes barcos que se divisaban en el horizonte o a los pocos aviones que sobrevolaban sus costas, los maestros habían logrado saciarla hasta ahora con la promesa de que, una vez terminada la formación escolar, se les permitiría conocer otras islas semejantes a la suya donde habitaban gentes de costumbres e idiomas diferentes.   Muchos niños dudaban de la veracidad de tales leyendas, e imaginaban un globo terráqueo completamente cubierto de agua, salvo en el lugar donde, como un pequeño bote en el inmenso océano, emergía Urania con su escuela, su iglesia y sus campos de cultivo.

"Si los habitantes de una galaxia vecina densamente poblada, con medios de transporte interplanetarios, llegasen a la tierra -Le había dicho Colony- tampoco creerían que nosotros nos imaginamos como los únicos pobladores del universo; por más que de vez en cuando aparezca un ovni aquí o allá"

-Pero... - había replicado Hoffman- tendrán Uds. intercambios. No conozco su isla, pero por muy lejana que esté de los circuitos turísticos y comerciales, figurará en los mapas; en fin, es imposible aislarse del mundo en pleno siglo XXI. Tendrán Uds. radio, como mínimo...

- 	Recuerde, querido amigo, que el mayor de nuestros niños sólo tiene doce años.

Ya tendrán tiempo de enterarse del resto...

- 	A esa edad un jovencito napolitano tiene ya su propia banda de contrabandistas...

- 	Producto de dos mil años de tradición.-

Hoffman oprimió la tecla de "play" y comenzó a ver de nuevo uno de los dvd. Por primera vez en su vida no podía dar crédito a lo que estaban observando sus ojos.

53
EN EL LABORATORIO.

- 	¿Quiere decirme que el espacio-tiempo es un corredor de hotel y que Ud. tiene la llave maestra que abre todas las habitaciones?-

Keiko Ozoki era considerada la joven más brillante de la nueva generación de físicos teóricos, pero si se apartaba por un instante del lenguaje matemático, se sentía como un pez fuera del agua y reaccionaba con la violencia de sus antepasados. - Quiero decirle que nunca entenderá cómo funciona el tiempo si se sitúa en una óptica exclusivamente cuantitativa.

- 	El espacio-tiempo es todo lo que existe, y todo lo que existe es medible. - También he estudiado la física, -respondió Horacio Luna- creo haberle dado ya pruebas suficientes. Todo lo que quiero hacerle ver es que su espacio-tiempo se

"arruga" aquí y allá y produce, digamos, un electrón. Pero un poco más allá, se "arruga" nuevamente y produce un pájaro...

Si Keiko Ozoki no hubiese tenido una dentadura tan sólida, la presión de sus mandíbulas hubiese hecho añicos sus dientes.
-    ¡Sr. Luna! Tengo treinta y cinco años, y casi veinte en el medio científico...- La dulce mirada de Luna, desde su carota de bronceado semidiós mediterráneo hablaba de cosas muy alejadas del medio científico. Keiko tuvo que hacer acopio de todo su rigor para terminar la frase.
-    ¡Todo lo que le pido son números...! -Era la súplica desgarradora de una computadora enamorada.
-    Le daré algo mejor para cualquier físico.- replicó el italiano.
-¿Mejor que los números? –
-    ¡ Por las barbas de Galileo Galilei, Srta. Ozoki!...¡ Hechos...Facta ! - Luna no pudo reprimir el puñetazo en la mesa. Casi inmediatamente, sus manotas velludas, como avergonzadas, cubrieron las manecitas amarillas de la joven.
Estaban heladas, y temblaban como dos sardinas recién pescadas.

52
LA VILLA.

Colony y sus colaboradores se habían ubicado en las cabañas del sector norte. Al principio, todos los demás empleados de la Compañía o los contratados por ella a instancias de Colony se referían a ellos con motes jocosos, como "el loco y los islómanos", o   "Cristóbal Colón y su tripulación".   Poco a poco, sin embargo, la tensión inicial, provocada principalmente por la incomprensión y el asombro, fue cediendo paso al respeto y luego a la admiración. Empezaron a llamarlos por sus nombres y a aceptar sus costumbres insólitas - como bajar al pueblo vecino todos los domingos, incluso a veces con interrupción de una sesión de trabajo, para asistir al servicio religioso- con tolerancia y hasta interés.

-    No se puede dudar de que trabajan - Decía Frank Demet, que pronto se convirtió en su principal defensor y aliado; especie de portavoz, intérprete y enlace entre los dos grupos. A la hora de las extravagancias - como cuando Colony solicitó la contratación de un astrólogo, un experto en parques temáticos y un escritor de ciencia ficción- Demet se informaba a toda prisa y convertía las impenetrables y escuetas explicaciones del viejo en argumentos más vendibles; si no convincentes, al menos dignos de alguna consideración.

En el otro sentido, Demet había encontrado también la manera de hacer entender a Colony y los suyos el significado de las resistencias de "los otros" frente a ciertas directrices demasiado incomprensibles para ellos. Por eso, cuando el Sr. Murch anunció, a finales del primer trimestre de trabajo, que vendría por unas horas a inspeccionar el avance del proyecto y a presidir la primera sesión conjunta de todo el equipo, nadie dudó de que Frank Demet era el hombre idóneo para rendir el informe de rigor y poner en palabras comprensibles para el presidente lo que ninguno de ellos había logrado aún explicarse a sí mismo. Al saber de esta decisión, que, increíblemente, lo tomaba por sorpresa -porque a pesar de su gran inteligencia y sus dotes de comunicador, o tal vez a causa de ellos, era tremendamente infantil- Demet corrió al encuentro de Marisa para pedir consejo.

- Me tomas por una pitonisa de tres centavos- le dijo ella, entre ofendida y halagada.

- Sabes que no, muñeca - respondió Frank en su mejor estilo de galán joven de los 40.- Es que nunca he tenido que rendir un informe al presidente, y mucho menos hacer un resumen del trabajo de cuarenta tipos que hablan en lenguajes diferentes y que además no tienen la menor idea de lo que están fabricando.

- Pregúntale a Colony, él sabe lo que está haciendo.

- Lo conozco. Me va a responder con un refrán y tres acertijos; o, lo que es peor, con un versículo de la Biblia.

- ¿Y qué esperas de mí, entonces?

- Lo que he esperado siempre; que me des un beso.

- Casi llegué a creer que las estrellas la tenían tomada conmigo. ¿Por qué no me lo habías pedido antes?

51

LA CABAÑA DEL GERENTE.

No era cierto que Demet pasara por primera vez la prueba de un informe directo a Murch. De hecho, en muchos aspectos, era su mano derecha. Que nadie lo sospechara siquiera era una prueba de la sagacidad instintiva en el manejo del personal que había hecho de Murch el magnate que era. Sin embargo, las características del asunto ponían a Demet en una situación que no tenía precedentes en su brillante carrera dentro de la empresa. Nunca el jefe le había dejado en sus manos un asunto con tan poca información, salvo que se tratara de cuestiones de rutina o irrelevantes. Tampoco - ni siquiera con expertos de renombre, como cuando tuvo que asistir a Murch en las peripecias de la "semana dura" en Wall Street- lo había visto dar poderes tan plenipotenciarios a un "extraño", en el lenguaje de la compañía, como los que, sin duda, tenía y ejercía Colony.

" Sus razones tendrá", pensó Demet, que, por idiosincrasia confiaba en sus superiores, y por experiencia sabía que Aloysius Murch no había cometido nunca un error garrafal que no hubiese corregido o al menos detectado en menos de veinticuatro horas. Pero esta confianza casi ciega a la que estaba acostumbrado le hacía actuar siempre con mentalidad de detalle, dando por descontado que el conjunto estaba bien diseñado. Como un pinche de cocina que se esmera en cumplir bien las pequeñas tareas pero sin ocuparse de la receta de que forman parte; o que se cuida de mantener la olla a fuego lento porque es lo que le han ordenado, y no siente curiosidad por destaparla y ver si el guiso está bien de sal. Por eso, cuando decidió reunirse con todos, uno a uno, para recabar los datos que necesitaba para su informe, no tenía una idea, ni siquiera lejana, de lo que se estaba cocinando en esa villa de las afueras de Sacramento.

50
LA HABITACIÓN DEL NOVELISTA.
"Querida Marga:
Después de todo, ya lo ves, si puedo escribirte. Mi excitación del comienzo me había hecho exagerar un poco la nota. Es verdad que el asunto es secreto; en los términos de lo que se llama "secreto industrial", porque en fin de cuentas esto es una compañía privada y no la C.I.A. o el F.B.I., y me he comprometido a no comentar ningún detalle técnico, por más que me muero por hacerlo; pero en eso consiste todo mi compromiso. Una cosa si te puedo decir: mi trabajo es... apasionante, casi no puedo dormir. ¡Ya te estoy oyendo! Sí, claro que duermo; lo que quiero decirte es que me acuesto imaginando lo que me tocará al día siguiente y sueño con el proyecto y sigo pensando en él mientras tomo la ducha o me afeito...Es como estar enamorado. Al principio pensaba en la carga, que es grandiosa, y luego en la celebridad que va acarrearme un trabajo tan importante, pero ya he dejado de preocuparme por todo eso y sólo me interesa el trabajo por sí mismo. ¡Si pudiera contarte aunque fuera un poquito! Te diré algo y tú tratarás de imaginar el resto: Conoces mi trabajo ¿Verdad? El de un escritor de ciencia-ficción como cualquier otro: Inventas futuros posibles, buscas que tengan coherencia, que sean verosímiles, etc., etc. Ahora piensa que cada página fuera estudiada por diez científicos de primera línea que te hicieran comentarios, correcciones, te dieran ideas nuevas... ¿No es fascinante? pero eso no es todo; no es siquiera un 10%. No puedo decirte más por ahora. Pero tú puedes imaginar, aunque por más que imagines, creo que te quedarás corta. En resumen, que todo esto es escalofriante.

Cada mañana abro los ojos temiendo que todo haya sido un sueño y que esté de vuelta en mi cubículo de Morris & Morris. Dale un gran beso a los niños de parte de su tío más feliz y más loco, y un fuerte abrazo a Paul. Escribe pronto...
Matt.

49
EN ALGUNA PARTE DEL CARIBE.
Winston Robles, alcalde de Machurupuy, dobló la carta, la colocó en el sobre con parsimonia y luego levantó la vista y la posó sobre los dos visitantes, exhibiendo la sonrisa que, desde que había descubierto su vocación política, había sido su arma más eficaz. Richards lo miraba con una frialdad que le heló la sangre. "Así deben ser los asesinos profesionales", pensó el funcionario. Sin abandonar la sonrisa miró al otro hombre, el intérprete, que sin mover un sólo músculo parecía estar temblando de pies a cabeza.
Robles dirigió una última mirada a la ventana que dominaba la bahía soleada y el islote de piedra desnuda en el que, mucho tiempo atrás, se había alzado un faro, mientras encendía un habano.
- Coronel Richards - dijo, a sabiendas de que se jugaba su última carta- Soy el primero en lamentar que haya tenido Ud. que molestarse en venir personalmente desde su país para un asunto que, sin duda, es para Ud. negocio de rutina. Igualmente lamento que el Señor Ministro haya tenido que intervenir, robando tiempo precioso para él y para la nación, con el objeto de escribir esta gentil misiva...Verá Ud...-
En ese momento, el intérprete tuvo que hacerle un gesto para indicarle que hablara más lentamente, lo que Robles tomó como una señal salvadora que le permitiría respirar y que aprovechó para ponerse de pie y dar un par de pasos por la sala, con el gesto del profesor que da tiempo a sus alumnos en un dictado. Richards lo siguió con la mirada mientras el intérprete tartamudeaba.
- Verá Ud.,- retomó el alcalde - Con la nueva situación regional que, no cabe duda, Ud. conocerá, los alcaldes de esta provincia, cuya posición es particularmente delicada por el fenómeno del turismo...-"

Richards comenzó a martillar con el dedo índice sobre el maletín de cuero negro que descansaba sobre sus rodillas. Se había prometido no impacientarse, pero a estas alturas, cuando ya había gastado dos semanas en un asunto que debía haberse arreglado con una llamada de su secretaria, comenzaba a sentir un leve aumento en la temperatura de su sangre que no recordaba haber experimentado desde los tiempos de combate. El traductor continuaba moviendo los labios, y emitiendo un monótono sonido.

-...¿Sabe Ud. lo que esto significaría para tantas familias de posición humilde, que ven en el turismo la única expresión de la Providencia Divina; vamos, casi un maná del cielo?- Robles pensaba en ese momento en las diez hectáreas de terreno urbanizable que hacía tres meses había comprado, comprometiendo la solidez de sus ahorros. - No le estoy dando una negativa, Sr. Richards; lejos de mí tal intención, tanto más cuanto que los argumentos del Sr. Ministro tienen un gran peso... Apelo solamente a sus sentimientos, porque sé que América ha visto siempre en nuestra modesta república más que una aliada, a una hija...Ahí están las bases, allí están los campamentos, más allá... −

Richards levantó su manaza como un César ante las impertinencias de un esclavo demasiado pródigo en sus obsequios.
-    Dígale al traductor que se largue.
-    Dice que me diga Ud. que me vaya...- dijo el pobre hombre que temblaba.

Los ojos de Robles, ya bastante saltones, parecieron querer escaparse de sus órbitas. Sin saber qué otra cosa hacer, volvió a su sillón, como si su escritorio fuera una barricada capaz de detener el avance inesperado de un tanque enemigo cuyas intenciones se desconocen pero se descuentan. Su sonrisa, esta vez, era otra.
-    Pero hombre... ¿Quiere Ud. decir que...? ¡Madre mía!
Fue esta vez Richards quien sonrió con toda gentileza a lo Gary Cooper. El guiño de su ojo estaba destinado a ser visto únicamente por el alcalde. El astuto político que había en éste volvió a tomar posesión de su papel.
-    Está bien, Robinson; tiene razón el Sr. Richards: entre colegas nos entendemos...Yo hablo mi poquillo de inglés. Anda, tómate un café.-
Robinson estrechó efusivamente la mano del yanqui y salió despavorido, con un suspiro de alivio que no pudo disimular.
Apenas la puerta se hubo cerrado, Richards se levantó con calma, sin dejar de sonreír, y colocó el maletín encima del escritorio. El corazón del alcalde latía apresuradamente. Pero casi se detuvo cuando vio frente a frente, por primera vez en su vida, un millón de dólares en billetes perfectamente ordenados.
-    Distribuya esto entre las familias de que me habla. Equitativamente.
El alcalde hizo involuntariamente el gesto de saludo militar que nunca en su vida había hecho y el coronel se retiró serenamente.

48
AMORES Y DESAMORES EN LA VILLA EXPERIMENTAL.

No había un sólo hombre en la Villa Murch que, sometido a un detector de mentiras, hubiese podido disimular que estaba enamorado de Angela Lynn. Era la colaboradora más cercana de Colony y, en las fantasías recónditas de algunos, su amante, o su hija, pero -en todo caso- alguien que compartía con él un oscuro y novelesco misterio.

Interrogado con disimulo inútil - ya que la frecuencia de las preguntas ponía al descubierto la intención- Demet, divertido, (su romance con Marisa lo mantenía a salvo del sortilegio) respondía siempre con frases enigmáticas que contribuían a aumentar y extender la leyenda. Pero al igual que con los otros dos colaboradores de Colony: el físico Luna y el médico Bonnard - de quien se decía que era un jesuita que había sido discípulo de Teilhard de Chardin, sin que nadie supiera bien cuál era el origen de tal rumor -el tiempo se ocupó de demostrar que fuera cual fuese su vida privada, la profesora Lynn era una mujer muy competente y perfectamente normal en el trato cotidiano. Esto, lejos de disipar el halo de misterio que rodeaba al "Capitán Nemo y su equipo", como también los llamaban, hizo que las conjeturas iniciales, de carácter más bien ordinario y banal, se desvanecieran para dar lugar a otras más complicadas y esotéricas.

Thompson, el arquitecto, que se cuidaba poco de esconder sus sospechas de que todo el asunto no era más que el producto de una chochera del presidente, dijo algo una noche en el bar que sirvió de base para elucubraciones diversas, no todas ellas completamente inverosímiles.

- Hay tres alternativas: Uno, está completamente loco. Dos, está conspirando a favor del enemigo. Tres, trabajamos en un proyecto conjunto con los extraterrestres.-

Thompson -in vino veritas- no hacía otra cosa que expresar lo que todos sentían de una manera u otra; la creciente incertidumbre en relación al trabajo a que estaban dedicados. A esto contribuía también -aparte de la propensión a la fantasía que todos compartían- el régimen de aislamiento a que habían sido sometidos; no sólo con el exterior, sino entre ellos mismos. Y esto de una manera gradual que había pasado casi desapercibida, pero que ya después de tres meses comenzaba a hacerse notoria. Las instrucciones operativas que Demet distribuía casi a diario, recibidas por él directamente de "arriba", y que al principio eran vistas como divertidas reglas de un nuevo juego que estimulaba la imaginación, se habían vuelto demasiado rígidas para ser simpáticas. Cuando Demet descubrió que alguien había puesto en circulación el apodo -para referirse a él a espaldas suyas- de "Madre superiora", "porque es la única que habla con Dios", intuyó que era el momento de tomar medidas. Ya para entonces, su trabajo de encuesta para el informe estaba casi terminado. Después de reunir toda la información y examinarla a fondo, se encerró en su cabaña, puso algo de música y se sentó ante su escritorio. Por un instante consideró la posibilidad de confiar sus inquietudes a Marisa, pero enseguida la desechó. Eso sí que estaría en contra de las reglas cuya observancia fiel y precisa había sido el secreto de su carrera de éxito en Murch Corporation. Buscó papel y lápiz y, como en tantas noches de su adolescencia, cuando sus héroes eran los detectives de las novelas, puso por escrito sus datos.

"1. El proyecto tiene un alcance y una importancia mucho mayor de la que yo inicialmente supuse.

2.   Solo Murch y Colony (Angela, eventualmente) están en posesión de la información completa.

3.   Con las piezas que me faltan, cualquier conjetura sería apresurada, vana y temeraria.

4.   Murch sabe lo que hace. Un proyecto tan costoso debe tener una gran utilidad.

5.   Murch recibe diariamente mi informe sobre todo lo que sucede en el laboratorio. Ergo, Murch está al tanto de las decisiones que Colony toma, y las aprueba; de lo contrario me indicaría tomar medidas. Ergo, Colony sabe lo que hace.

6.   Por lo tanto, es preciso que todo siga cumpliéndose como hasta ahora, siguiendo al pie de la letra las órdenes de "arriba" y las instrucciones de Colony.

7.   La mayor parte del equipo está demasiado interesada en su propio trabajo para ocuparse de rumores y sospechas, salvo que alguno, o algunos, no lo estén tanto como para dedicarse a ello."

8.   Cualquier cosa que distraiga la atención de todos y cada uno de su trabajo específico, en vista de 1 y 4, puede ser peligroso y nocivo para el proyecto.

9.   En vista de 1 y 3, tampoco tengo información suficiente para tomar ninguna decisión que implique cambios en la estructura del proyecto.

10. Conclusión: reportar la irregularidad, solicitar instrucciones, seguir observando.

47

EN EL COMEDOR COMÚN.

A la hora del almuerzo, los altavoces anunciaron la proximidad de un mensaje importante desde Nueva York. Cuando la gran pantalla de televisión que dominaba el comedor mostró el rostro sereno y paternal de Aloysius Murch, todos, hasta Bruno Thompson, sintieron lo que los marineros inexpertos cuando, después de ver signos que interpretan como presagio de tormenta, ven a su capitán paseándose por cubierta desprevenidamente, como si -habiendo adivinado el temor y sabiéndolo infundado- hiciera ese gesto para disiparlo.

- Queridos colaboradores. Espero que mis cálculos sean correctos y que para esta hora ya hayan Uds. terminado de almorzar. Como saben, estaré en pocos días con Uds. Sin embargo, he decidido adelantarme a saludarlos para compartir con Uds.

una grata sorpresa. Están conmigo aquí dos hombres que, aparte de buenos amigos, son dos servidores cabales de este país. Me refiero (close up del personaje) a Jack Coleman, senador por Illinois del partido republicano, y John O'Brien (nuevo close up) representante por Ohio del partido demócrata. No crean que los molesto solamente para presumir de que tengo amigos importantes (risas). De hecho, la presencia de ellos aquí, obedece a intereses más altos; que son los mismos que Uds. comparten con Murch Corporation. Estos dos señores forman parte del comité del congreso de los EEUU para los proyectos de Paz. Y como no quiero ser mal anfitrión ni conferencista aburrido, los dejo con ellos, que tienen un importante mensaje para Uds.

El importante mensaje consistía en la consabida perorata que todo científico que haya participado en algún proyecto de envergadura nacional conoce de memoria. "Los ojos del país están puestos en Uds.", etc., etc. Pero nadie perdió una sílaba de ese discurso poco original. En realidad, no prestaron atención a las palabras. Se contentaban con ver, como niños que disfrutan con una propaganda que han visto ya cien veces, a los símbolos de la Tranquilidad, el Orden y la Cordura, que por un momento, unos más conscientemente que otros, habían sentido peligrar.

Demet, el único que hubiera podido prever alguna movida por parte del jefe (había enviado un e-mail a primera hora pidiendo instrucciones) estaba boquiabierto. Si siempre había admirado a Murch, ahora su sentimiento rayaba en la veneración. "No sé qué se trae entre manos", se dijo "pero sea lo que sea, iré con él hasta el fin del mundo". Y esto, con ligeras variantes, era lo que todo el mundo pensaba cuando concluyó la emisión. Angela Lynn inició los aplausos, y todos se unieron a ella.

"Buena manera de matar dos pájaros de una sola pedrada" rio para sí el Dr. Hoffman. "No hay duda de que es una extraordinaria maestra. Soy capaz de creer cualquier cosa de los niños que esa mujer ha educado".

46
EL JARDÍN DE LOS FÍSICOS PUROS.

Keiko Ozoki sabía ya que su objetividad científica se alteraba en presencia de Horacio Luna. Cuando le tocó reunirse de nuevo con él, se presentó en compañía de dos colegas. Luna la esperaba acompañado por Marisa Tahl y otro personaje al que Keiko no había visto antes. Se lo presentaron como el Señor Quinteiro, investigador sudamericano. Sintiendo que la ventaja numérica que había previsto se desvanecía, optó por abrir ella el fuego.
- Me prometió pruebas, Dr. Luna.
- Hechos. -corrigió éste- Las teorías requieren pruebas, pero yo no le he hablado a Ud. de ninguna teoría. Yo le daré hechos, y Ud. elaborará las teorías.-
Hubo un silencio tenso. El hombre que acompañaba a Luna le dirigió a éste unas palabras en un idioma extranjero, que Keiko no supo identificar bien; podía ser italiano o español. Luego Luna, sonriente y amable, se puso de pie y, con un gesto cordial y conciliador, le ofreció el brazo a la científica, mientras decía: - Necesitamos un poco de sol. ¿Me acompaña, Dra.?
0000000000
Un grupo de científicos sentados en el césped a mediodía, rodeando algo parecido a un reloj de sol. - El Sr. Quinteiro - explicaba Luna mientras el aludido ajustaba un artefacto, tirado boca arriba en el suelo, igual que un fotógrafo que busca una toma muy difícil- ha puesto a punto un reloj de sol de una casi absoluta exactitud con respecto a la hora sideral. Esto significa un paso gigantesco para la venerable ciencia de la astrología. ¿No es así, Dra. Tahl? -
- Así es - alcanzó a decir ésta. Estaba absolutamente concentrada en el teclado de un ordenador portátil, que se le resbalaba sobre las rodillas. "No sé por qué soporto esta insufrible payasada", pensó Keiko Ozoki. Después de darle varias vueltas a la pregunta descubrió que no tenía ninguna respuesta válida. Decidió relajarse y esperar. Sus dos colegas reían de buena gana los chistes de Luna.
-¿Sabían que Galileo copió su telescopio de uno que había traído un discípulo suyo de Holanda y lo presentó a las autoridades de la ciudad como un invento suyo para poder pagar la renta? La ciencia se convirtió en una profesión respetable sólo después que... -
El inventor sudamericano interrumpía para anunciar que su aparato estaba ya perfectamente ajustado. Marisa Tahl consultó los datos que tenía en su pantalla con Luna. Este, regresando a la seriedad que en él parecía siempre fingida, sacó de su bolsillo un enorme cronómetro, como los de los árbitros de fútbol. Mientras él y la astróloga cuchicheaban e

iban del reloj de sol al microordenador y de allí al cronómetro, el Sr. Quinteiro instalaba sobre un trípode una grabadora de vídeo. Cuando esto estuvo preparado, se dirigió hacia la camioneta y volvió con una maleta negra, parecida a la de los médicos. De allí sacó una piedra del tamaño de una pelota de baseball que manipuló con unos gruesos guantes y que colocó al lado del reloj.

Luego extrajo de alguna parte un contador Geiger.

Este fragmento de aerolito -explicó Luna- produce una señal radiactiva baja, como pueden observar. Aunque no es peligrosa, les agradezco que permanezcan prudentemente alejados.-

Todos formaron un círculo alrededor de la piedra. Quinteiro se ubicó detrás del visor de la cámara.

- Ahora les pido que presten mucha atención y no separen su mirada de esta roca. - anunció Luna-, con lo que en la irritación de Keiko Ozoki parecía el estilo de un presentador de circo. Sus compañeros, en cambio, ponían mucho espíritu científico.

Pasaron algunos segundos.

- ¿Y bien?- preguntó Ozoki ya sin control.
- Todavía no comienza el conteo, Doctora. -respondió Luna- Pero aprovecho para preguntarle algo: ¿Qué pasaría con la medición del Geiger si nos lleváramos esta piedra de aquí y no moviéramos el contador?
- Es una pregunta de escuela primaria, pero ya que todo lo que estamos haciendo aquí es digno de chiquillos, no quiero desentonar. Le responderé: la aguja bajaría sensiblemente, pero se mantendría alguna señal radiactiva.

-Muy bien. ¿Todos de acuerdo con la respuesta? – Los otros movieron la cabeza afirmativamente.

- Ahora sí, -dijo Luna a una señal del hombre del reloj de sol- Treinta, veintinueve, veintiocho, veintisiete...-

No tuvo tiempo de decir cero. Antes de que eso ocurriese, la piedra empezó a brillar como encendida desde adentro por una gran fuente de luz que atravesara sus moléculas. La luz se extendió después más allá del contorno, formando un halo, y luego bruscamente se apagó por completo y desapareció. Y con ella el aerolito.

El sudamericano y Marisa se daban la mano con alegría.

Luna, muy sereno, recibió del primero la cinta de video y la entregó a uno de los físicos.

- ¿Cómo lo explica? -inquirió éste.
- Uds. son los teóricos, no yo.-

Keiko Ozoki recibió de manos de Quinteiro el contador Geiger. Cualquier comentario hubiese estado fuera de lugar, pero la palidez de su rostro era suficientemente elocuente.

45
EL CONVENTO ABANDONADO.

Los hombres de la "Fundación Murch para el Desarrollo de la Ciencia" se instalaron en un viejo convento colonial abandonado en las afueras de Machurupuy. Eran una veintena de ingenieros y técnicos jóvenes de diversas nacionalidades que formaban un equipo eficaz y bien organizado bajo las órdenes de su director jefe y fundador, Ron Pollack, un ingeniero aeronáutico que había hecho una brillante carrera en la Nasa hasta el día que lo asignaron a una "operación secreta de carácter estratégico". Pollack, que era, por su historia personal, alérgico al color verde oliva, pidió ser relevado de la operación. La petición entró en el laboratorio de la demoras burocráticas y se mantuvo "en proceso" hasta unos pocos días antes del inicio de la misión. La respuesta llegó, casualmente, el mismo día que la orden de traslado y viáticos para unirse a aquella. Pollack leyó la pieza de retórica burocrático-militar y la tradujo libremente al lenguaje corriente en los siguientes términos: "Colabora con nosotros y colaboraremos contigo". Metió ambas comunicaciones en un mismo sobre, agregó su credencial y su tarjeta magnética y salió de su casa con la carta sin cerrar en el bolsillo. En el puesto de periódicos de la esquina compró una historieta de Charlie Brown. Cruzó la calle y entró en el bar de Ben. Ordenó una bebida y se puso a hojear la revista. Cuando encontró lo que buscaba pidió a Joe unas tijeras. Recortó un recuadro en el que Snoopy, el perro de Charlie Brown, "el último filósofo americano", en su tradicional posición patas arriba sobre el techo de su casucha se decía a sí mismo en la nube que flotaba sobre su cabeza:
"No hay nada como la paz."
Metió el recorte en el sobre, lo cerró y se lo dio a Joe junto con las tijeras.
- Ponme esto en el buzón ¿Quieres, Ben? – dijo.
Ben asintió con su eterna sonrisa de cómplice silencioso.

- Y ahora dame otro de estos; acabo de convertirme en el desempleado más calificado del país.-

Pollack había consumido todos sus ahorros, y rechazado una docena de ofertas editoriales, cuando recibió el sobre con el membrete de Murch Co.

Dentro, encontró únicamente una credencial plastificada con una vieja fotografía suya y esta leyenda: "Fundación Murch para el Desarrollo de la Ciencia Titular: Ronald Pollack Serial: 0001 Cargo: Director-Jefe". En la parte superior derecha de la tarjeta, un emblema mostraba una paloma saliendo de un huevo diseñado como variante del popular símbolo que simplifica el diagrama de un átomo y las órbitas de sus electrones. Debajo, el lema: "NO HAY NADA COMO LA PAZ".

Era ese mismo emblema, sobre la bandera azul, el que ondeaba en la torreta del antiguo convento. Adentro, los hombres iban y venían, como laboriosas hormigas, instalando cientos de lectores, terminales, pantallas y artefactos de toda clase. Sentado en una silla giratoria y rodeado de cajas de embalaje en lo que debía haber sido el refectorio de los monjes, Pollack mantenía una conversación telefónica.

- Sí...Sí...No. Sí, puedo garantizarlo, en esa fecha y a esa hora podemos comenzar el conteo. Si, cuente con eso. Adiós.

44
UNA SALA DE CLASES.
Keiko Ozoki y Bonnard estaban sentados a solas en el aula.

- Sólo le pido, Dr. Bonnard, que se ponga por un momento en mi posición. La mujer que decía esto se parecía muy poco a la Keiko Ozoki de hacía unos días, segura de sí misma y de sus conocimientos.
- En un abrir y cerrar de ojos - sus pequeñas manos juntas sugerían la imagen de una niña en su primera confesión - toda la física que conozco, o que creía conocer, ha sido puesta en tela de juicio...Ahora necesito tiempo para reflexionar, considerar las implicaciones teóricas, replantear...En fin...- concluyó en un último, heroico esfuerzo de firmeza - no puedo tomar la decisión que me piden. Una cosa es descubrir un pasaje en el tiempo, y otra enviar a un puñado de niños a atravesarlo... ¡como si fuera una excursión al zoo!
- Comprendo perfectamente sus escrúpulos, Dra. Ozoki.- respondió el sacerdote.- Para serle franco, yo mismo tuve que librar una larga y ardua batalla contra mis prejuicios , que, le aseguro, no son menos resistentes que los que pueden derivarse de la física teórica, antes de sumarme a esta...aventura. Pero trate de verlo de otra manera: el viaje va a tener lugar con o sin su aprobación, y con o sin la mía también. En términos prácticos, nuestra verdadera alternativa es ésta: o los dejamos ir al zoo mostrándoles nuestra desaprobación inquebrantable, o los dejamos ir

dándoles un par de consejos de prudencia para que no metan las narices en la jaula de los tigres.

\- Su argumento se parece mucho al que utilizó el pentágono con los científicos que participaron en el proyecto Manhattan: la bomba va; depende de Uds. que mate a unos pocos millones de japoneses o que destruya el mundo entero ¿No es así? – Bonnard se preguntó si había sido él quien había puesto el dedo en la llaga mal cicatrizada de su paciente, o si sería más bien ella quien, con ese incomprensible e infantil orgullo del dolor propio, que en su larga carrera había terminado por aceptar como una regla con pocas excepciones, había conducido su mano hacia el lugar que más le dolía.

Como en muchas ocasiones similares, optó por callar y encomendar el asunto al "médico jefe". Al no observar ninguna reacción, Keiko Ozoki pareció superar la momentánea crisis adoptando la postura con que, sin duda, iniciaba sus explicaciones en la cátedra de física cuántica en Berkeley. Se acercó a la pizarra y buscó una tiza.

\- Tenemos tiempo, ¿Verdad?

\- Todo el tiempo -contestó el aludido, arrellanándose en su sillón como el espectador que observa que el telón empieza a subir. Centró su mirada en el pizarrón y esperó a que la escena se iluminara- Adelante...

\- Bien - comenzó Ozoki - Tenemos en primer lugar que, según nuestro futuro Nobel de Física, el Dr. Luna...

\- Y su más ferviente admirador - comentó éste, que se había introducido sin ser visto unos segundos antes, y que ahora tomaba asiento con el equivalente simulado del gesto de vergüenza de quien llega tarde a clases y no quiere interrumpir.

Ozoki continuó sin perturbarse, después de una mirada a Bonnard que parecía decir: "otra como ésta y este alumno brillante tendrá una sorpresa en su calificación semestral".

Bonnard concluyó para sí que mientras más se estudia al ser humano, menos se le conoce. Era obvio que la presencia de un joven guapo había hecho desaparecer por completo toda la sintomatología registrada hacía apenas un momento. - Como decíamos – prosiguió la mujer- según el Dr. Luna, podemos considerar como hipótesis provisional que el tiempo es la constante universal de máxima regularidad en todos los fenómenos observables empíricamente, y que por esta misma característica se omite invariablemente de toda fórmula, ya que el signo "t" -

Ozoki lo dibujó en la pizarra-, que por el contrario está presente de una u otra manera en cualquier representación simbólica-cuantitativa, no debe confundirse con la constante universal que llamamos tiempo, que para efectos de esta explicación representaremos así: "T" mayúscula.

"t" minúscula no indica nunca otra cosa que duración, es decir, función de T mayúscula, que omitimos.

Se hace evidente de inmediato que otro tanto podríamos decir del espacio y la distancia.   Sin embargo, es igualmente evidente que -siempre en términos empíricos- lo que llamamos espacio, y distancia, ofrece una dimensionalidad diferente a lo que llamamos tiempo, y duración.

Volviendo a estos últimos, y pidiéndoles una actitud completamente desprovista de consideraciones lógico-matemáticas (que es lo que diferencia a la física de las demás disciplinas científicas, y le permite un contacto permanente con la realidad observable mediante el cual puede distinguirse entre los posible y lo probable, y entre lo probable y lo real) ...Con esta actitud, digo, tenemos que no existe ninguna manera de considerar esa constante que llamamos tiempo, o T mayúscula (salvo que la consideremos inexistente, y en ese caso tendríamos que afirmar que "t" minúscula, o duración de los fenómenos, lo es también, cosa que está contradicha por la observación)   ...Que no existe, decimos, ninguna manera de considerar a T mayúscula independientemente de otra constante que se omite y se ha omitido siempre de cualquier formulación sin siquiera ser reemplazada por alguna función, como en el caso de tiempo y espacio.

Esa   constante, que, sin embargo está tan presente en   cualquier observación empírica como la distancia o la duración, es lo que representaremos como "C" mayúscula, y llamaremos: Conciencia.-

Ozoki detuvo su intervención y miró a los ojos a Bonnard.

En realidad quería observar la expresión de Luna, pero nunca le hubiese dado el lujo de que pensara que todo aquello tenía como propósito impresionarlo a él.

-      Le parece a Ud. claro hasta aquí, Monseigneur?

-      Clarísimo – respondió el sacerdote- y explicado con tal dominio del asunto que hasta yo he sido capaz de entenderlo.

-      ¡¿Pero se da Ud. cuenta de la magnitud de este planteamiento?!- Ozoki había vuelto a convertirse en la niña asustada de antes.

-      ¡Es poner en cuestión la objetividad de la física! Puede que a Ud. le parezca natural, porque es un religioso... ¡Pero para mí es una catástrofe...!
Por este camino terminaré desarrollando una ecuación con la que demostraré la existencia de Dios...-

-      No creo que Dios tenga ninguna objeción que hacerle, dijo Bonnard con toda la delicadeza de que era capaz.

Luna se levantó de su asiento y se acercó a la profesora con un impecable pañuelo que acababa de sacar del bolsillo.

- No deje que las lágrimas le hagan perder la belleza, Dra.

La mirada que ésta le dirigió hubiese sido capaz de pulverizar una montaña o derretir los casquetes polares.

"Furia y cariño son dos formas de la misma energía", pensó Bonnard.

Pero se abstuvo de hacer comentario alguno.

En lugar de eso se retiró del recinto sin hacer ruido.

No quería interrumpir una rencilla entre enamorados.

43
EN EL AUDITORIO PRINCIPAL.

El lugar estaba repleto. Demet había convocado a todos con un memorando imperativo. Anunciaba una charla del Dr. Hoffman.

El Dr. Hoffman se aclaró la garganta, se ajustó los espejuelos de marco de oro y, después de un tic que le arrugaba por un instante el entrecejo haciendo parecer que de sus ojillos azules saliera una diminuta chispa, comenzó:

- Me han solicitado que presente a ustedes una breve memoria de lo que hasta ahora ha avanzado nuestro equipo y sólo me referiré al contexto general.

Cada uno de los grupos conoce el detalle de su trabajo mejor que yo.

Sólo intentaré una visión de conjunto para que todos puedan ver hacia dónde apuntan los avances aislados.

Y como se trata de una memoria –ya lo he dicho- utilizaré esa palabra como plataforma para mi explicación.-

Hoffman no podía dar un paso en el camino de las ideas sin ajustarse sus gafas nuevamente.

- Bien. La memoria es algo que estamos acostumbrados a considerar irreversible.

Lo que sucedió está registrado en la memoria y no podemos cambiarlo.

Pero una simple amnesia parece poner en duda esa afirmación.

Me dirán que la amnesia es un fenómeno individual, pero que hay una memoria colectiva que conserva todo lo que ocurre y que sí es irreversible.

Tampoco lo es.

Lo que voy a decirles no es fruto de mi trabajo, sino del brillante intelecto de un hombre que está hoy con nosotros, por quien hoy tengo la más grande admiración y a quien, no me avergüenza confesarlo, tomaba hace muy poco tiempo por un iluso, a causa de mis prejuicios.

Me imagino que saben a quién me refiero. Extiendo esta admiración y agradecimiento a sus colaboradores, que también están con nosotros y con quienes me siento enormemente afortunado de poder trabajar. En fin, ya que soy yo y no ellos quien debe proponer a Uds. la síntesis de estas ideas, espero poder hacerlo con algún acierto.-

Hoffman tomó un trago de agua más abundante que los anteriores y se secó la frente con el pañuelo. Por un pasajero instante todo aquello le pareció un poco irreal y absurdo. Pero continuó:

- Bien. Tomemos algunos ejemplos que relacionan la psicología social con la individual. Me veré obligado a simplificar tal vez demasiado para los que han profundizado en las ciencias humanas, pero no puedo olvidar que esta audiencia está compuesta en su mayoría por personas formadas en las ciencias exactas. En todo caso, existe un abundante material experimental que respalda estas afirmaciones, provisto por el equipo del Profesor Colony, y que está a la disposición de quien lo desee. Lo he estudiado y puedo garantizarles que es perfectamente serio y confiable.

Yendo al grano, un paciente que -por la razón que sea- está convencido, consciente o inconscientemente, de que es violento, creerá que lo es, y actuará como tal en la mayoría de los casos. De manera similar, una sociedad cuya historia es una larga sucesión de guerras y crímenes creerá que la guerra y el crimen son su sino inalterable y, naturalmente, seguirá produciendo criminales y hombres de guerra. En el caso del individuo, un largo proceso terapéutico aliviará algo su situación, y, en algunos casos, curará completamente; aunque nada ha demostrado hasta ahora que la psique tenga capacidad de regeneración similar a la de los tejidos corporales. Y en el caso de que así fuera, nuestro paciente volvería, una vez sano, al seno de la sociedad que fue su agente patógeno. Lamentablemente, tampoco se han inventado vacunas para estas enfermedades.

Por otro lado, la energía que se requiere para mantener una memoria conflictiva es mucho mayor que la requerida para mantener una memoria feliz. En otras palabras, un psicópata se mantiene como tal, o empeora, entre otras cosas porque la energía psíquica que requeriría para dejar de serlo está siendo consumida en mantener su psicosis. De igual manera, una sociedad enferma de una psicopatología belicista no sale de ella porque todos sus recursos son consumidos en mantener la guerra.

Hasta aquí no tenemos sino un círculo vicioso del que se sale únicamente o por la muerte o por la intervención de un agente exterior. En el caso del paciente, el agente exterior es el médico.   En el caso de la sociedad, el agente exterior es otra sociedad.   En el caso de nuestra civilización, que ya es   una   sola   a nivel planetario, no existe agente exterior posible; a menos   que los   compatriotas de E.T. se decidan de una buena vez a invadirnos. (risas).

La solución debe venir desde adentro. Pero los hombres sanos que nacen y crecen dentro de nuestra civilización, tarde o temprano son "infectados" por la patología masiva, por lo que su eficiencia se reduce enormemente. En otras palabras, harían falta mil hombres como Gandhi juntos para producir un efecto notable a nivel planetario. Por otra parte, una tal agrupación duraría con vida, probablemente, mucho menos que un Gandhi o un San Pablo.   Si   ustedes   me siguen, haría   falta   crear   unas condiciones "artificiales" de incontaminación cultural en un grupo de individuos, desde el momento mismo de su nacimiento, para tener una idea aproximada de lo que sería lo que podríamos llamar un ser humano " sano".   Pero para estos hombres y mujeres sanos,   que   no compartirían nuestra memoria colectiva de fracasos en los intentos de paz... de impotencia y frustración en los intentos de amor...soltarlos en el mundo sería como abandonar a un recién nacido en una selva tropical.
Y, sin embargo, un grupo así sería la semilla de una humanidad nueva, completamente distinta de la que conocemos.
Pero hay algo más: alguien que no "supiera" que la mayor parte de las cosas que harían feliz al hombre son "imposibles", porque así lo han demostrado diez mil años de historia; alguien que, en fin, pensara que esa historia es una mitología, como pensamos nosotros acerca de los dioses del Olimpo, sería capaz de investigar las posibilidades de la naturaleza con ojos completamente distintos a los nuestros.
Sobre todo, las posibilidades de su propia naturaleza.

Señoras y señores; hay una diferencia entre lo que les he expuesto y las ideas de Rousseau o de cualquier utopista: un grupo como el que he descrito, compuesto de jovencitos de todas las razas, existe en este momento en el planeta. El proyecto en el que todos nosotros participamos ha sido inspirado en esencia   por ellos.   El profesor Colony, sus colaboradores, y nosotros todos somos los fabricantes de la nave en la que estos niños viajarán a otro mundo para desarrollar a sus anchas una nueva civilización.

Agreguen a lo que he dicho que estos niños han   descubierto espontáneamente, aunque no tienen todavía recursos para formularlo con exactitud (y para eso estamos nosotros) que es tan fácil viajar por el tiempo como moverse en el espacio, y que las distancias son tan flexibles como un chicle bien mascado.

42
LA VILLA DE LAS MARAVILLAS.

Los días que precedieron a la llegada del presidente, el campamento fue un verdadero hervidero de reuniones, consultas, experimentos, y también de romances, conciertos y escenas surrealistas, como la levitación del Sr. Quinteiro en pleno comedor, con sus gruesos lentes bifocales como única vestimenta. Cuando Marisa Tahl concluyó su conferencia sobre la armonía de las esferas interiores con la afirmación categórica de que todo lo que se divulga en nombre de la astrología es una enorme superchería, pero que considerar la órbita de los planetas como mero resultado del azar cósmico que comenzó como una partida de pool en que los átomos salieron en todas direcciones sin ningún concierto era una soberana estupidez, Dick Harlington, el único astrónomo a bordo, tuvo que ser disuadido casi a la fuerza de enviar un e-mail a Monte Palomar para insultar al Profesor Keats y aconsejarle que releyera con más atención a Giordano Bruno.

Hoffman y Bonnard no se daban abasto. El primero con los hipocondríacos síquicos y el segundo con los casos de conversión fulminante, revelaciones infusas y exigencia de los sacramentos. Marisa tuvo que simular una avería en el sistema de su computadora astrológica para poder descansar de levantar "anti-horóscopos" aunque fuera por el rato que quería pasar a solas con Frank. Tres japoneses frenéticos repararon el programa en menos de una hora y diseñaron uno nuevo que, para felicidad de todos, cualquiera podía operar. Angela Lynn, la nueva Eva, tuvo que declinar con mucha cortesía más de diez proposiciones de matrimonio, apoyadas por historias clínicas, récords profesionales y tests de I.Q. Pero a pesar de esto, o tal vez a causa de ello, el trabajo continuó. Frank Demet había anunciado, en contacto con Pollack, Richards y el presidente, la fecha de inicio del conteo, advirtiendo que faltaba mucho por hacer.

Bruno Thompson caminaba a gatas por su continente en miniatura, con colinas sembradas de torres góticas con detalles a lo Gaudí o templos de Karnak que se desplazaban sobre rieles para ser lamidos por las olas del mar en la mañana y recogerse en la tarde en las entrañas del bosque. Había ideado una mochila en la que llevaba instrumentos, trozos de madera balsa y muñequitos de plástico. Cada vez que alguien entraba a la enorme sala, que había sido una cancha de básquet antes de que é la acondicionara, se llevaba el índice a los labios y luego señalaba un enorme cartel que rezaba:

"¡SILENCIO! ¡QUIETO! "Fragmentos de este escenario están siendo filmados en este momento. Cualquier interferencia visual o sónica puede ser fatal. No atraviese la línea de seguridad señalada en el piso. Si tiene algo muy importante que comunicarme, quítese los zapatos, camine lentamente hasta el punto señalado con la letra A y oprima el   botón verde para suspender la grabación. Después de esto, vuelva al lugar donde se encontraba antes. NO TRASPASE EN NINGÚN CASO LA LÍNEA DE SEGURIDAD.   El Arquitecto."

Hasta Frank Demet había terminado por reconocer -Según Marisa su antipatía por Thompson y el equivalente recíproco estaban explicados por la cuadratura casi exacta de sus ascendentes, el uno en Sagitario y el otro en Virgo- que aún en ese caso la escogencia realizada por el jefe había sido perfecta.

Lo que todavía Demet no sabía era que Thompson había sido escogido por los niños, en base a una fotografía de carné que acompañaba la hoja de su ingreso a la compañía, siete años antes.   Y había muchas otras cosas que no sabía y que se había propuesto descubrir. Si para la mayoría de los otros las revelaciones de los últimos días habían señalado el fin de la incertidumbre, para Frank eran una señal, aún no precisa del todo, de que las reglas estaban cambiando y de que su deber ya no era obedecer simplemente, sino que se le estaba pidiendo que actuara con libertad, aún a costa de las reglas, e incluso contra la obediencia.

El y Marisa estaban una noche tirados en la hierba del parque, dejándose acariciar por la brisa suave del verano, con las manos de ella apenas rozando las de él; escuchando en silencio el juego de las dos respiraciones simultáneas, cuando Frank comenzó a hablar en un susurro, como solía hacerlo con su madre de pequeño, juego que ella le había enseñado.

Le contó a Marisa toda su vida, empezando por el día que había decidido pedir instrucciones arriba y había pensado consultar con ella y luego había desechado la idea por ir en contra de las reglas. Luego le habló de la muerte de su madre y de su hermano en un accidente aéreo, y de su ingreso a la compañía en medio de la peor depresión de su vida. Le contó también los altibajos se su vida sentimental, y el fin de sus inquietudes sociales después de la disipación de sus mejores amigos en las drogas y en la corrupción vil del dinero. Le habló de sus intensas creencias religiosas de la infancia y su posterior decepción cuando su ex-novia le había engañado con un amigo que él creía un santo.   Todo aquello ¿Era una realidad o un sueño? Por ejemplo, ¿Cómo un hombre de empresa había accedido a financiar el proyecto antes de que sus asesores científicos lo avalaran, cuando de hecho la mayor parte de ellos había creído al principio que se trataba de una extravagancia? Y ¿ Cómo había logrado Colony, un completo desconocido, llegar hasta uno de los hombres más inaccesibles del mundo? Y los niños ¿Existían en verdad? Nadie los había visto nunca, salvo por los vídeos en los que aparecían como un grupo de jovencitos algo excepcionales pero nada más. Y el viaje, ¿Qué pruebas había más allá de un par de demostraciones que muy bien podían ser trucos? ¿Creían todos – y Murch en primer lugar- porque era verdad o porque querían que lo fuese? ¿No sería Colony otro Rasputín con intenciones insospechadas? ¿ No se parecía todo eso demasiado a lo que sucede con tantos gurús que aparecen hoy y mañana se esfuman sin dejar otro rastro que el estrago en las cuentas bancarias de sus seguidores? ¿ Y por qué nadie se atrevía a hacer las preguntas más obvias, cómo por ejemplo cuál era el destino final del viaje, ya fuera este un dónde o un cuándo? Todo se parecía demasiado al cuento de "Las vestiduras nuevas del rey" en que nadie se atrevía a decir lo que sus ojos estaban viendo por miedo a ser tomado por un necio. Pero lo que más le preocupaba era que no sabía qué hacer. ¿Debía acatar sus instrucciones o investigar más? Y si hacía esto último ¿No estaría poniendo en peligro el proyecto entero? ¿No lo estaba haciendo ya al confiar sus inquietudes a un miembro del equipo que, llevado por sus dudas, podría comenzar a desconfiar y sembrar la inquietud en un grupo ya bastante alterado emocionalmente?...

Marisa se dio cuenta de que Frank había comenzado a sollozar quedamente, como un niño pequeño que ha jugado mucho y que está demasiado excitado para poder dormirse. "Eso es todo lo que necesitaba", pensó "llora, pequeño, llora. Llora todas las muertes que no has llorado; llora la responsabilidad que has cargado a cuestas sin que nadie te lo pidiese; llora porque no habías encontrado hasta ahora con quien llorar. Llora porque eres un chico con mucha suerte; tanta, que no sabes qué hacer con ella"
Y lo acarició dulcemente hasta que se quedó dormido. Luego entró en la cabaña y volvió con un gran edredón y un par de almohadas. El cielo estaba despejado, y la atmósfera caliente de agosto era dulce como una placenta de madre en reposo. "No hacía esto desde que tenía diez años" pensó Marisa. Y se durmió también; acurrucada contra su compañero.

41
EL PABELLÓN DEL PRESIDENTE
Aloysius Murch bajó del helicóptero como un jefe de estado cuyos movimientos están siendo televisados a millones de espectadores.

El comité de recepción, sin embargo, estaba compuesto únicamente por Demet, Colony y Angela Lynn, sobre quien la última versión del rumor, (casi aceptado unánimemente) decía que era la esposa secreta de Murch, el cual, a su vez, era el padre de todos los niños de la isla.

A pesar de ello, o tal vez para no tener que modificar nuevamente la leyenda, que tal como estaba satisfacía a todos, nadie se asomó a ver qué cara pondrían ambos cuando se vieran frente a frente. Era mejor, como en ciertos capítulos de una telenovela, que otro se lo contara a uno para poder imaginarlo a gusto.   Murch se limitó a estrechar las tres manos y a sonreír. Toda palabra estaba excluida por el bramido todavía ensordecedor del motor del helicóptero.   Entraron a la sala de reuniones privada del presidente donde había un desayuno americano para los de Sacramento y un escueto almuerzo para Murch, que venía con cuatro horas de diferencia desde New York.   Murch contó los últimos chistes políticos y preguntó a las camareras por sus familias. Luego se retiró a descansar, no sin antes arreglar la reunión para las siete de la noche, e invitar a Demet y a Angela para una cabalgata a las cuatro y una zambullida en la piscina a la hora del Martini. - Puedes invitar a una amiga- le dijo aparte a Frank con un tono completamente neutro; y se retiró

A las cuatro en punto Murch hizo su aparición en la caballeriza, con un blue jean gastado y una camiseta con el emblema de la fundación Murch; unos tenis blancos y un sombrero de cowboy que podía haber pertenecido a Billy the Kid.   Al ver a Frank y a Marisa con trajes de montar mandados a comprar de urgencia en la ciudad, sonrió paternalmente y, levantando las cejas con un gesto que recordaba a
Orson Welles, recitó lo que parecían estrofas de un poema extranjero. Más tarde, Marisa le explicó a Frank -que en ese momento estaba tan azorado que no hubiera entendido ni una palabra dicha en su propio idioma- que ese era el comienzo de la célebre canción de Lorenzo de Medici sobre la juventud.
Quant'è bella giovinezza,
che si fugge tuttavia!

(Cuan bella es la juventud
¡Y cuan fugaz!)

Angela se hizo esperar unos minutos. Sus ropas de montar eran de verdad y le sentaban a las mil maravillas. A pesar de estar con Marisa, Frank no pudo menos que dedicar un instante a contemplar la mágica belleza de la mujer y sentir en carne propia la causa de los desvaríos de tantos hombres serios.   Murch la ayudó a montar y Frank hizo otro tanto con Mariza, como el comensal pobre que asiste por primera vez a un banquete y espera que los demás comiencen para saber qué cubierto debe usar.   Y una vez sobre el caballo, recordó -con agrado por primera vez en su vida- su temporada en la academia militar.   Marisa cabalgaba bien, y Murch parecía un viejo vaquero de Western; pero Angela era la perfecta imagen de la amazona. Quien la conociera montada en un caballo, pensó Frank, no podría imaginarla separada de él.   Ella y Murch iban adelante, trotando. Reían a carcajadas, como dos niños que planeaban sus travesuras en el primer día de vacaciones.   - Tal para cual- rio Marisa.- Dos sagitarios juntos,   dos centauros repartiéndose el mundo..."Hasta donde llegue mi flecha es mío..."

40
BRIGHTON, INGLATERRA.
La infancia de Angela Lynn no había transcurrido en el Olimpo.   Su padre fue un marino inglés que ella conocía sólo por una descolorida fotografía que apenas mostraba sus facciones deformadas por un gesto de protección contra un fortísimo sol tropical. Aparecía en un grupo de hombres vestidos como él; con uniformes blancos que por la intensidad de la luz o por la poca calidad de la fotografía parecían haberse fundido entre si formando una sola masa de la que sobresalían aquí y allá manos y pies; los últimos calzados con zapatos igualmente blancos y de perfiles igualmente dudosos. Sobre la nube flotaban las cabezas, y sobre la de su padre alguien había dibujado una flecha y escrito la primera palabra que Angela leyó en su vida: "Joe".

Con   el dinero que recibió de la Marina a raíz de la "muerte en el cumplimiento del deber", de la que hablaba un amarillento telegrama en cuyo sobre se guardaba siempre la foto después de verla, su madre había abierto una librería; sin dejar del todo la escuela, en la que trabajaba aún como maestra. En un paseo por la playa de Brighton, pueblo en el que Angela había nacido y del que su madre sólo había salido una vez para ir a Londres a firmar los papeles relacionados con la muerte de su marido, cayó en manos de otro   marinero; esta vez menos interesado en una muerte digna y rentable que en la bebida y el póker.   Cuando Angela tenía cuatro años, Mrs. Lynn, viuda apetecible por su cuerpo, su librería y su poco seso, contrajo segundas nupcias.   Angela recordaba la noche en que su primorosa alcoba rosada con muñecas y tules se transformó, entre gritos y llantos, en depósito de los libros salvados apresuradamente del embargo de la librería y amontonados junto a las cajas de licor de contrabando cuya existencia había ignorado hasta entonces; al igual que la de los barbudos "clientes" de su padrastro, a los que desde ese día se le enseñó a saludar con reverencia. Su madre se marchitó sin remedio en el curso de un año, y el día que Angela cumplió seis, un doce de diciembre, la manaza velluda de su padrastro la arrastró hasta el cementerio. Mientras bajaban el ataúd y el pastor decía una oración, se negoció su suerte con la tía Esther, una solterona avinagrada que la aceptó a cambio de una promesa pecuniaria que nunca se cumplió, pero que sirvió de justificación a los azotes que le dio diariamente desde esa misma noche, en la que la excusa fue la de no haberse vestido con decencia para una ocasión como aquella. Cuando el marino desapareció para siempre, los libros, todo lo que quedaba de su madre, se trasladaron a la buhardilla de la casa de su tía. Esta los aceptó pensando que algo era mejor que nada, y para poder encerrar a Angela en la buhardilla cuando su histeria lo requería, con la frase: "Eso es lo que resta de tu madre; ella te parió, que ella te aguante".

Y cerraba con llave la puerta. Angela descubrió que lo que le ocurría no era peor de lo que le había sucedido antes a David Copperfield; que su padrastro no había sido más fiero que los piratas de La Isla del Tesoro, y que todas las tías terminan por morir de tuberculosis y que luego de muertas se descubre que tenían buen corazón.

Decidió que Mujercitas era una patraña para niñas bobas y que la humanidad se distinguía en dos clases, como podría haber dicho el gato de Cheshire: los que se creían las patrañas -y en esta se incluían casi todas sus compañeras de escuela- y los que sabían que todo lo que ocurría está escrito en los libros y no se parece en nada a lo que auguran los adultos, que si alguna vez leyeron, ya lo han olvidado y creen que el curso de los hechos depende de sus decisiones o sus planes; sin percatarse de que las primeras siempre son reemplazables por otras y que los segundos jamás se cumplen. Cuando la tía Esther murió de "afección pulmonar crónica complicada con insuficiencia cardiaca probablemente congénita agravadas por dolencia hepática de origen difícil de discernir: muerte natural", el juez dictaminó que "no dejando otro heredero que la niña Angela Lynn, hija de su fallecida hermana Joanna Foster Lynn, todos sus bienes pasarán a ella cuando cumpla la mayoría de edad. Este juzgado, a falta de decisión testamentaria y mientras no aparezca otro pariente que lo reclame, fungirá como albacea y fideicomisario de dichos bienes y como tutor de la niña, hasta tanto no ceda la tutoría a una autoridad distinta". Ya Angela no recordaba si estos, u otros muy parecidos, fueron los términos que oyó en la voz monótona de un hombre mayor en un recinto donde había una foto de la reina, mientras afuera llovía intensamente. En parte, porque ese día no pensaba en otra cosa que en el desenlace de "El hombre que sería rey", y en parte porque poco tiempo después su vida cambiaría completamente, cuando se embarcara en un buque que la llevaría a América, donde, de alguna manera que nadie había previsto, apareció un

pariente lejano que la reclamaba.   A sus casi trece años, Angela era una jovencita flaca y desgarbada.   No sólo porque su tía le escatimaba la comida,   sino porque   ella gastaba todo el dinero que lograba sisar en comprar libros que iban sumándose a los encerrados en la buhardilla sin que aquella lo notara. "Lo único bueno que tu madre tenía es lo que no has heredado de ella -le decía su tía cuando estaba de buen humor- Eres diez veces más fea que yo, y más tosca de físico de lo que ella era de aquí" Y se golpeaba la sien mientras reía, mostrando su precaria dentadura.   La vieja maestra que la acompañó hasta el barco le dijo antes de despedirse, como si quisiera reunir toda su sabiduría y su filantropía en una sola frase:
- Cuando te vea, querrá devolverte. Tú dile que si hace eso te tirarás por la ventana.

—

La vieja pensaría, sin duda, que tirarse por la ventana en la ciudad de los rascacielos era cosa bien seria.   Pero lo que a Angela la tenía triste y acongojada, y que le daba ese aspecto tan lastimoso, era que apenas un mes atrás había descubierto una librería donde le canjeaban sus viejos libros por otros más viejos pero distintos.   ¿Cuántas maravillas no estarían a su alcance ahora -tanto más cuanto que entre la herencia de su madre había muchos   ejemplares flamantes que nunca había siquiera tocado porque estaban repetidos, y cada uno de estos le valía dos o tres de los miles del librero- si su tía no hubiese cometido la estupidez de morirse? ¡Si al menos hubiera avisado! Le permitieron llevarse un baúl, en el que disimuló como pudo una docena de títulos, porque lo llenaron con ropa y zapatos, y le dieron la llave diciéndole: "No lo abras hasta que llegues; si lo haces, no podrás volver a cerrarlo.   Para que te cambies en el viaje te hemos puesto algunas cosas en esta maleta de mano".   Sin embargo, la travesía no fue tan aburrida como ella esperaba.   Tres días después de partir, mientras estaba en cubierta tratando de entender las reglas de un juego que algunos pasajeros practicaban con unas grandes monedas de madera, un hombre todo vestido de blanco pasó a su lado y le dirigió una sonrisa antes de desaparecer por una de las bocas que conducían al interior de la nave. Angela descubrió poco después que el barco albergaba una multitud de jóvenes y viejos vestidos de la misma manera, en los que ella no había reparado ni una vez hasta que "el suyo" le sonrió.   Comenzó para ella un drama incesante y agotador.   Recorría diariamente varios kilómetros de corredores, escaleras, salones y más escaleras persiguiendo a los hombres de blanco en un juego de complicadísimas reglas en que: no podía ser notada por el perseguido; no podía entrar en los lugares reservados a ellos; ni dirigirse hacia allí, porque quedaría enfrentada a él sin poder dar otra explicación que un extravío involuntario: explicación que, siendo su último recurso en caso de emergencia, debía administrar con mucha cautela. No podía ser vista en sus maniobras por otro pasajero, porque éste podía sospechar intenciones distintas; o lo que era peor: la verdadera intención. Y lo peor de todo: Cuando –eventualmente- encontrara al suyo, no podría hacer nada. Más que ocultarse, o pasar desapercibida, o cruzarse con él sin mirarlo. Porque cualquier otra cosa la delataría; para diversión del joven –para él ella era una niña flaca y fea- y su vergüenza.

En cuatro días conocía ya cada rincón del barco, cada escondite y cada atolladero. Sabía dónde podía encontrar un marinero, dónde un pasajero, dónde descansar sin ser vista, dónde perderse discretamente en un grupo. Averiguó que en el barco se producían hurtos, se cometían adulterios, y se hablaba sobre cosas que jamás habría imaginado que podían ser motivos de conversación; ni siquiera secretamente. Descubrió que todas las personas tienen algo que esconder y que son capaces de todo cuando son descubiertas; menos de reconocerlo. Un cambio importante se produjo cuando se dio cuenta de que había otros niños a bordo que corrían por todas partes y que nadie tomaba en cuenta. Se hizo pasar por uno de ellos sin dificultad; sólo tuvo que simular que aceptaba sus juegos tontos y ellos la recibieron como otra más. En poco tiempo se convirtió en la jefa y decidía en qué lugar se debía jugar: ellos obedecían. Siempre tenía más argumentos que ellos y era fácil convencerlos. Inventó juegos que sirvieran a sus propósitos y ellos se convirtieron en sus colaboradores inconscientes. Los entrenó sutilmente, como a la banda de Oliver Twist, disfrazando sus verdaderas funciones con motivaciones de carácter divertido y comprensible para ellos. Su conocimiento del barco le permitió presumir de poderes mágicos en los que ellos creyeron de inmediato. Llegó a crear un pequeño ejército secreto con el que podía enterarse de cualquier cosa que sucediera, obtener cualquier cosa que deseara. Para mantenerlo, inventó un código de palabras y gestos que los mantenía a salvo de cualquier intromisión adulta. Decretó un reglamento férreo, que sancionaba castigos ejemplares para cualquier trasgresión. Y averiguó que había treinta y tres hombres de blanco, y que el suyo se llamaba Joseph Roland; que tenía una novia en New York que se llamaba Linda y otra en Liverpool que se llamaba Anne, pero que no pensaba casarse con ninguna porque los verdaderos marinos no se casan hasta que no llegan a capitán y que él llegaría a capitán antes de que tuviera cuarenta. Que le gustaban las mujeres de treinta en adelante, como una pasajera que se llamaba Miss Taylor. Pero si una jovencita guapa se enamorara de él, no tendría inconveniente en pasar un rato con ella, siempre que fuera discreta y que sus padres no anduvieran cerca. Que había unas cuantas muchachas a bordo que estaban perdidas por él y se sentaban en cubierta a jugar a las cartas; él pasaba por allí de vez en cuando para que lo vieran, pero los padres de ellas estaban siempre vigilantes. Fue así como, después de vivir toda su infancia en una semana y media, Angela Lynn decidió hacerse adolescente. Lo primero que hizo

fue nombrar un jefe interino de la banda y promulgar una nueva regla, cuya violación se pagaría con descolgamiento por la borda del culpable: Ninguno de ellos podría, de allí en adelante, dirigirle la palabra por ningún concepto, a menos que ella lo hiciese primero y le pidiese una respuesta .Esto se debía a una misión secreta que debía realizar, de importancia vital para la salvación del barco y de todos sus ocupantes. Hecho esto se dirigió a su camarote -su pariente había pagado uno privado en primera clase que sólo ahora empezaría a utilizar- y se desnudó delante del espejo. No se podía permitir el lujo del pesimismo. Eso era todo lo que tenía y debía aprender a sacarle provecho. Abrió el baúl y esparció los trapos sobre la cama. Todos eran vestidos de niña que, en su mayor parte, ya le quedaban pequeños. Se puso el mejor que encontró y subió a cubierta. Dio una vuelta por donde estaban las jovencitas y registró en la mente sus atavíos, sus gestos, sus modales, sus abanicos, sus joyas. Recordó "Mujercitas" y, como si abriera un archivador perfectamente ordenado, empezaron a desfilar por su imaginación una serie de personajes que conocía pero que siempre habían estado en segundo plano; como desenfocados, como esperando ser iluminados para cobrar vida; al igual que los hombres de blanco que no había visto hasta que Joseph le sonrió. Eran doncellas, cortesanas, pícaras, duquesas, baronesas, esposas infieles, jovencitas engañadas por amor, princesas, reinas...Todas las mujeres de Dickens, Dumas, Stevenson, Ponson du Terrail, Hugo. Sintió un vértigo extraño, como un vacío en el vientre y un cosquilleo en los muslos que duró apenas unos segundos. Entonces el mundo entero pareció cerrarse como un abanico y volverse abrir enseguida, mostrando un dibujo completamente distinto. Y todo lo que la rodeaba pasó en un instante de las tonalidades infinitas del gris con que hasta ahora lo había visto a una gama de colores vivos y estridentes. Entonces también comenzó a oír, igual que si le quitaran de los oídos un par de tapones que siempre habían estado allí, poniendo sordina a la vida entera. Y oyó una música azucarada, como un caramelo de bastón con colores en espiral que ascienden cuando gira; y las voces que cantaban decían:
"She loves you, yeah, yeah, yeah..."
Comprendió que había vivido separada completamente del mundo, cerrada en sí misma como una ostra, en otro lugar y otro siglo hasta ese día. Y, acto seguido, se desmayó. No pudo levantarse de la cama en todo el resto de la travesía. Vomitaba todo lo que comía y ardía en fiebre. En su delirio, veía a Joseph, que ahora era el personaje de rostro arrugado por el sol de la fotografía de su madre, sentado en el borde de la cama, con su uniforme de blanco resplandeciente. Cuando cerraba los ojos, sentía como él le colocaba un paño fresco en la frente y sobre los párpados hirvientes, que olía a perfume de lirios. "Son las flores más blancas", le explicaba él en susurros al oído. Y luego le decía: "Te pondrás bien, ya lo verás; ahora sólo

tienes que descansar; has trabajado demasiado". Entonces ella se veía en la buhardilla de la casa de su tía, leyendo, leyendo y leyendo. Y luego oía los gritos de Esther. Y sin saber por qué, lloraba, lloraba; como nunca lo había hecho desde que su alcoba rosa fue invadida por los libros y el licor y los clientes de su padrastro. Cuando llegaron a destino ya había recobrado la lucidez y la fiebre había desaparecido casi por completo, al igual que los vómitos. Sólo permanecía la debilidad que le impedía aún ponerse de pie sin marearse y sentir que las piernas no la sostenían.

Era un mañana soleada y fría de primavera. La puerta del camarote se abrió y apareció la cara sonriente del capitán.

- Mi querida Angela, te traigo un regalito...-

Entonces hizo su entrada un hombre alto y fuerte, con cara de emperador romano pero vestido con un traje azul claro y corbata gris perla, que traía un enorme ramo de rosas blancas de aroma tan dulce que casi sofocaba.

- Querida sobrina, soy tu tío Aloysius, pero me llamarás Al, como todos mis amigos. Como no me dejan besarte ni abrazarte te traigo esto -y colocó las flores en un jarrón que alguien sacó de alguna parte-...Una rosa por cada beso que hubiera querido darte.-

Angela no sabía qué cara poner.

- No te preocupes por nada; ya habrá tiempo -respondió el tío Al- Pero, ante todo, la salud.

Hizo un ademán y surgieron dos enfermeros de pulcro blanco con una silla de ruedas.

39

NEW YORK, NEW YORK.

Cuando Murch contempló a la joven que regresaba de la Universidad de Los Angeles después de cinco años de ausencia salpicados de telegramas, llamadas telefónicas y transferencias bancarias, con su maletín de cuero en bandolera y la melena color de miel acariciándole los hombros desnudos, supo que el más grande acierto de su vida había sido convertirse en el tío de esa mujer, hermosa e inteligente como una fuerza de la naturaleza. En una ráfaga de algo que jamás había sentido, se imaginó contándole a Angela la verdadera historia; las promesas intercambiadas con un marinero inglés en una taberna de un puerto tropical; la fotografía en la plaza bajo un sol enceguecedor, y la secuencia de casualidades incomprensibles que lo habían remontado a las alturas del poder industrial con la certeza secreta, irrevocable e inexplicable de que su suerte había sido echada de una vez para siempre aquella tarde en que por primera vez oyó el nombre de Angela y se comprometió a velar por ella en caso de que el destino le faltase. Pero se quedó en silencio y sonrió, aunque al principio sin fuerzas. Nunca, por grandes que fuesen las urgencias, había violado una sola de las reglas invisibles que la vida había escrito en el recóndito rincón de su alma. Se repuso y recibió a su sobrina con un diluvio de chistes, entradas de teatro y preguntas sobre sus planes inmediatos. Angela aceptó un almuerzo "formal" y se divirtió con sus historias y sus gesticulaciones histriónicas.

Tenía veinticinco años y le había dedicado a la vida, en los últimos diez, el mismo fervor que antes había puesto en la literatura. Pero todo eso, desde los amores imposibles y las manifestaciones estudiantiles, los viajes por el mundo y la música de vanguardia, había muerto también. Dejando en su espíritu un profundo vacío que, poco a poco, fue llenándose con la paz que ahora la inundaba.

Esperó a que él terminara su plato, respondiera a las llamadas de sus corredores, le hablara de comprar un estudio de cine, de lanzarse a la candidatura de alcalde, de financiar un proyecto especial privado. Esperó que llegaran a casa. Apagó las luces, abrió las cortinas del amplio ventanal que se asomaba al cielo estrellado, y se sentó en el piso, junto al sillón de Al. Luego reclinó la cabeza contra sus rodillas, sin una palabra. Entonces ambos recordaron y sintieron lo mismo, en silencio. Algo importantísimo que habían creído perdido para siempre, bajo la hojarasca de los días que se van amontonando uno sobre otro, hasta formar una montaña en apariencia impenetrable. Algo que jamás se dirían, pero que sabían estar compartiendo en aquel instante. Ella fue la primera en incorporarse. Extendió los brazos en un desperezarse exagerado y teatral. Luego se soltó como una marioneta que hubiera sido diseñada por Praxíteles para que todos sus movimientos posibles fueran perfectos, y colocó un beso sonoro sobre su frente.

-Tú siempre has sido mi verdadero papá, le dijo - Que duermas bien...que sueñes con angelitos.

-Eso, déjalo de mi cuenta, tío- dijo ella antes de irse.

No volvió a saber de ella -salvo postales de Navidad desde lugares remotos- hasta el día, varios años más tarde, en que lo llamó desde Los Angeles para comunicarle que un Señor Colony se presentaría en su despacho el miércoles siguiente a las diez de la mañana. Y que era vital que lo recibiera.

38

MONTPARNASSE, PARIS.

Horacio Luna pensó que la mujer que tenía enfrente, en la mesa de La

Coupole , el célebre establecimiento de Montparnasse , en Paris, era sin duda la mujer más bella desde Helena de Troya y que por ella sería capaz de combatir con el propio Aquiles.

- ¿Y Qué le hizo pensar... - su voz no era menos encantadora que el resto de ella - que otros planetas no son necesariamente inhabitables?

Luna tuvo que hacer un esfuerzo para concentrarse. Vació el contenido del Beaujolais nouveau y, después de un instante que amenazaba con hacerse interminable, respondió. Como resignado a ese tópico, que no le parecía el más indicado:
- Pongámoslo de esta manera -Ya una orden cerebral había logrado que su mente abstracta prevaleciera sobre sus otras funciones - La luz del sol tarda siete segundos en llegar a la tierra. Dicho de otra manera, hay una "diferencia horaria" de siete segundos entre el sol y nosotros.-

Angela sirvió más vino, que Luna agradeció y bebió de un trago.
- Lo pondré más fácil. A esta hora -consultó su reloj- ya es domingo en las
Filipinas. ¿Cierto?   Angela asintió. - Y eso no nos impide tomar un avión a las Filipinas , y desayunar allí; pero si pudiéramos llegar así -chasqueó sus gruesos dedos- es   casi seguro que   encontraríamos el restaurante cerrado.-

Angela estaba segura de que las referencias que le habían dado de Luna eran confiables. Como sin embargo conocía bien   las reacciones que su presencia provocaba en casi todos los integrantes del sexo masculino, creyó prudente decir:
- Le sigo; adelante.
- Muy bien. ¿Qué pasaría con esta joven noche del sábado si Ud. y yo - volvió a chasquear los dedos- nos decidiéramos a interrumpir el sueño de los filipinos, que ya la han vivido?.
- Me imagino que seguiría existiendo para todos nuestros vecinos de mesa - Angela paseó su mirada por la terraza de La Coupole. —

- ¡Perfecto!...Pero ¿y Ud. y yo?
- Tendríamos una noche del sábado con sol de las Filipinas, supongo. - Excelente. Ahora imagínese que Urano estuviera habitado por cosmonautas americanos, o enanitos, o lo que Ud. quiera; Y que nuestro calendario cristiano fuera válido allí.
- ¿Y bien?
- ¿Y bien? Un año de Urano equivale a 84 de los nuestros ¿Qué fecha cree que sería hoy allí?

- No tengo ni la más pálida idea. - respondió la mujer con una sonrisa de niña.
- Yo sí.- dijo Luna enfático- Sería el año 23 después de Cristo.
- Pero el tiempo total transcurrido para nuestros enanitos sería el mismo que ha transcurrido para nosotros ¿No?
- ¿Sí? ¿Está segura? Llame a Filipinas y dígale a la operadora que son apenas las nueve de la noche; que venga a tomarse un trago con nosotros. Dígale que su "tiempo total" y el nuestro son idénticos.
- Pero si quisiera, ella podría hacerlo...
- ¿Quién lo puede dudar? Pero aun viajando con la velocidad del láser, consumiría tiempo en llegar aquí.
-¿Y entonces...?
- Entonces, querida Miss Lynn, que si dejamos de lado los estragos que causaría en la salud de la operadora viajar a la velocidad del Láser, nada cambiaría el hecho de que ha salido del domingo y ha entrado en el sábado otra vez.
- Pero no otra vez, porque para ella el sábado ha finalizado.
- Así es; mientras se quede en Filipinas. Pero una vez que decida aceptar su invitación, su tiempo se parecerá tanto al de sus compatriotas como una hormiga se parece a la ramita que arrastra hacia el hormiguero.
- Ya no sé si le sigo. Pero ¿No es cierto que puedo hablar con ella por teléfono? ¿Y que para que eso sea posible tenemos que estar ambas partes en el mismo "ahora"?   - Es verdad que puede hablar con ella; y que ella puede responderle como si estuviera a su lado. Pero hay una diferencia de tiempo. - de una fracción de segundo, imagino - que la hace imperceptible, pero no le quita su existencia. Porque si su amiga estuviera en Alfa Centauri, esa diferencia despreciable sería de unos cinco años.
- No sé a dónde nos conduce esto.
- Nos conduce a varias cosas. Primero, que la Luz, o en este caso las ondas que hacen posible las comunicaciones telefónicas, son mensajeros demasiado rápidos que nos producen la imagen de una simultaneidad prácticamente absoluta de los fenómenos. Que lo son, de hecho, pero no para nosotros, sino para ellas, para las ondas. Y segundo, que, como el personaje de Molière que se sorprendía de haber hecho prosa toda su vida sin saberlo, nosotros hemos estado viajando en el tiempo desde que el primer bebé salió del vientre de la primera madre.
Hubo un silencio, y esta vez fue Luna quien sirvió vino. Angela se mojó los labios y se quedó pensativa. Por un momento, le pareció a él que la joven había decidido ya no escuchar más tonterías. Pero ella le dirigió una preciosa sonrisa y dijo:
- Sólo que nuestros viajes en el tiempo, a causa de la relativa pequeñez de las distancias recorridas en el espacio, nos han pasado desapercibidas. Mientras que si dichas distancias fueran como las que nos separan de los

otros planetas, comenzarían a hacerse notorias. ¿Me equivoco?

- ¡No! - gritó él con entusiasmo- no se equivoca. ¡Es Ud. tan inteligente que me la comería a besos!

- Eso lo dejaremos de lado por ahora. Pero ¿Cómo compagina esto con la vida en otros planetas?

Él no era de los que se dan por vencidos en el primer revés. Respondió enseguida: - En primer lugar porque los pájaros no vuelan porque tienen alas, sino que tienen alas porque vuelan. De igual manera, la vida en la tierra no es, necesariamente, el producto de ciertas circunstancias determinadas como un tipo de atmósfera ni una determinada temperatura media; ésta es una idea que debería estar tan pasada de moda como el positivismo que le dio origen. Por otra parte, nuestras observaciones de otros planetas descuentan equivocadamente, que estamos viendo lo que allí sucede ahora: de igual manera que si nosotros pensáramos que la operadora filipina está en este momento preparándose para la cena. Esta vez, Angela Lynn daba a entender con su expresión que, de momento, lo dicho agotaba para ella el tema. - Si quiere Ud. tener la posibilidad de comprobar sus teorías - dijo colocando un papel frente a Luna- sólo tiene que firmar aquí.

- ¿Y por qué no discutimos eso durante la cena? ¿Qué le parece un lindo restaurante napolitano del barrio latino?

- Sobre el contrato, Dr. Luna, no hay nada que discutir. Nadie en el mundo le ofrecería lo que yo; y menos a cambio de unas ideas completamente disparatadas y sin ninguna base científica, que parecen sacadas de un capítulo especialmente mediocre de "Viaje a las estrellas". En cuanto a "eso" de lo que quiere hablar en su lindo restaurante, le diré solamente que como buena cristiana del año 23 de nuestra era, soy virgen y casta; y como además considero que hay ya bastantes críos en el planeta, pienso seguir siéndolo toda mi vida. Si Dios me ha dado encantos que no puedo disimular, no es culpa mía.-

Incluso para el gran ajedrecista que era Luna, esa jugada resultaba completamente sorpresiva y lo dejaba desarmado. Para salvar al menos la dignidad, se atrevió a soltar, como quien tumba el rey:

- Tal vez en Urano no haya niños suficientes...
- Le responderé cuando estemos allí.

37
HOLLYWOOD, CALIFORNIA.

Cuando Angela Lynn se levantó de su butaca, durante la premier de "Indiana Jones", una bien vestida joven se le acercó y le comunicó que el

Sr. Spielberg le rogaba que no se fuera sin permitirle saludarla. Con su mejor dicción de sus ancestros y suficiente fuerza para que sus palabras no pasaran desapercibidas a las celebridades que la rodeaban, Angela respondió lo siguiente: - Puede decirle a Steve que si se cree que porque ahora es famoso y tiene un par de millones va a tener más suerte conmigo que la que tuvo cuando éramos compañeros de estudio, se equivoca de medio a medio. Si su intención es llevarme a la cama, lo menos que podría hacer es pedírmelo en persona. Los periodistas y las cámaras de TV. comenzaban a formar un círculo en torno a la escena. La enviada del Director no sabía dónde meterse. Angela, que se sabía extraordinariamente telegénica, continuó con su naturalidad característica. - Es probable que me equivoque, y que el Señor Spielberg sólo quiera conocer mi opinión sobre el film. Y bien, es ésta: Pienso que los adolescentes que a partir de hoy lo aplaudirán en todo el mundo, y que, de hecho, lo aplauden ya por sus otras películas, serán adultos dentro de escasos años. Entonces le reclamarán - por poco que a él le importe para esa fecha otra cosa que contar sus dólares- que les dio fantasías baratas cuando ellos necesitaban ideas para enfrentarse al mundo desastroso que él y toda su generación de Yupis les han dejado como herencia. Estoy de acuerdo con que el cine regrese a los héroes de leyenda, pero para llegar allí hay que pasar de nuevo por Citizen Kane, o al menos por Yellow Submarine.

36
LA ESCUELA DE CINE

El cine era su pasión. Mucho antes de terminar la secundaria le había contado a su tío Al cómo ella pensaba cambiar el mundo con una buena docena de películas, medio que no había estado al alcance de los grandes transformadores de la historia. Por eso Murch pagó sin hacer preguntas sus estudios de arte dramático y de cine y puso a su disposición una cuenta en Suiza con la que Angela hubiera podido producir el largometraje más costoso de la historia. Ella había enrollado sus diplomas y no había vuelto a mencionar el tema. Pero cuando Murch escuchó las insensateces de aquel viejo que le recordaba al Dr. Caligari, y después de descartar la idea de que fuera ese saco de huesos el que, finalmente, hubiera encarnado el prototipo varonil al que Angela sacrificaría su exquisita femineidad, concluyó que la única explicación plausible era que su talentosa sobrina había encontrado por fin una historia suficientemente extravagante para dedicarle sus dotes de cineasta y sus millones. Sin decir una palabra, desde ese día, puso a disposición del viejo y de su equipo de personajes estrafalarios todo lo que le solicitaron, no sin obligarles a llenar algunos de los requisitos que su compañía exigía en los proyectos serios; más que nada para disimular el hecho de que habría dado el doble y hasta el triple de lo

que le pedían con sólo saber que Angela lo deseaba. Cuando supo que ninguno de ellos conocía su relación con Angela y que atribuían su generosidad a su fe en el proyecto, se felicitó por la cautela de su sobrina y creyó ver allí una prueba de que ella sabía lo que estaba haciendo. No vaciló entonces en sacrificar tres meses de sus mejores científicos, la totalidad de los recursos de la Fundación Murch y unos cuantos hombres de su departamento de logística. Asignó a su mejor ejecutivo, Frank Demet, a la coordinación del proyecto, y consideró natural guardar, desde su posición, un silencio semejante al que Angela guardaba desde la suya. En las dos ocasiones en las que ella lo visitó acompañada de su gente, la trató como a una perfecta extraña y no fingió ser insensible a sus encantos, porque esto hubiera sido visto con sospecha por cualquiera. Ella, confirmando sus suposiciones, actuó de manera similar. Todo lo que Demet le comunicó durante el período de trabajo en Sacramento, coincidía con su primera hipótesis, de modo que jugó su parte tratando de corresponder al máximo con lo que suponía que Angela esperaba de él. Y cuando las cosas se pusieron difíciles y Frank le lanzó un S.O.S. angustiado, hizo recurso a su poder y aprovechó las deudas pendientes de un par de "muchachos" del congreso; sacando partido de la coyuntura de un proyecto conjunto con la administración federal, para redondear en un par de horas la jugada magistral gracias a la que las aguas volvieron a su cauce. Pero ahora, cuando Demet y su amiga los habían dejado solos por un momento, miró los ojos dorados de Angela y dijo: - Teníamos casi diez años sin vernos. ¿No crees que es hora de compartir tu secreto conmigo? He sido el tío más complaciente del mundo ¿O no?
- A tal tío, tal sobrina...- Ya no quedaba en ella nada de esa ligereza infantil que siempre lo había hecho sentirse viejo a su lado. Sentada con las piernas cruzadas a la oriental, con el pelo recogido hacia atrás, sin una gota de maquillaje, era más que nunca, la mujer más atractiva que habían visto sus ojos. Esta vez se lo dijo, y le contó también la historia de la fotografía. Ella no cambió su expresión relajada y cercana. Sólo preguntó:
- Y ¿Qué recibirías a cambio de mantener tu promesa, según ese misterioso marinero?
Al Murch había repasado mil veces la escena de aquella tarde de sus veinte años, pero la pregunta de Angela fue como un flash que iluminó de súbito el recuerdo oscurecido por el tiempo y le mostró un detalle que hasta entonces había pasado siempre desapercibido.
- ¡Ahora lo recuerdo! ¡Sí!...Yo le pregunté qué pasaría si yo no tuviese los recursos para ayudarte. Era un juego; no pensaba lo que decía; no creía que nada de eso fuera a ocurrir en la realidad. Además estaba algo ebrio. – ¿Qué te respondió? - Me dijo... ¡Es como si lo viera! Fue lo último que le oí decir. Luego lo vi subir al barco y poco después me

enteré del accidente. Me dijo:

"Eso, déjalo de mi cuenta"

Angela sonrió. Parecía una maestra que se alegra por haber reprimido la intención de darle la respuesta a su pequeño alumno cuando le parecía que él sólo no lo lograría. Se puso de pie, sacudió sus pantalones y respondió:

-¿Alguna otra pregunta, Capitán?

Demet y Marisa aparecieron a lo lejos cabalgando al paso, lentamente.

- Ese pichón de magnate tuyo – dijo Angela sonriendo- es muy capaz de beberse el filtro de la brujita; y si lo hace, como ella es algo inexperta, pueden quedar ambos convertidos en ranas.

Cuando por fin los alcanzaron, Murch Y Angela, como si nunca se cansaran, seguían riendo a carcajadas.

35

UNA CALLE DE ROMA.

El abate Colonna salió del despacho del Cardenal Berlinghetti en el Vaticano y, sumido en sus cavilaciones, sus pasos lo condujeron maquinalmente a la pequeña trattoria donde cenaba habitualmente. Al abrir la puerta, la gritería lo sacó de golpe de su ensimismamiento. La gorda patrona vociferaba y movía los brazos como enajenada mientras que su marido, un enjuto personaje que a su lado parecía el producto de la metamorfosis de una de sus costillas, se agitaba y temblaba como el muñeco abandonado a su propia suerte por su ventrílocuo, que intenta en vano proferir una exclamación. Una joven rubia de aspecto extranjero, sentada en una de las mesas frente a una sopa que se enfriaba a pesar de las subrepticias miradas que ella le dirigía, observaba la escena. Su actitud, entre complacida e impaciente, era la que se le otorga a un violinista de restaurante bohemio que se toma con demasiado entusiasmo una frase de elogio y se esfuerza por demostrar que la pieza que distraídamente se le ha pedido es la que mejor toca. Colonna no llegó a descifrar si su expresión era de risa o de llanto, porque apenas hubo transpuesto el umbral, la matrona se le tiró encima seguida de cerca por su satélite. Este, sin atreverse a acercarse demasiado, intentaba impedir por la sola fuerza de su mirada que la gorda aplastara al recién llegado. La Santa Virgen, San Gennaro y San Pietro lo habían traído para auxiliar a aquella pobre y honrada familia en la catástrofe provocada por lucifer y su corte, porque cómo podían haber imaginado siquiera, Dio buono? Si el rapaz había entrado sin que ella ni su marido, que Dios tendría una buena temporada en el purgatorio, porque siempre estaba en la luna, aunque la culpa la tenía la comadrona que lo había traído al mundo antes de tiempo...y la poveretta signorina había abierto su bolso -es una santa-para darle una monedas, y el filio de la sua mamma le había escamoteado

en un santiamén el monedero entero. ¿Qué pensaría ella, turista que venía a la Ciudad Eterna para besar los pies del apóstol y pedir un buen marido en la Fontana di Trevi? ¡Qué Santa Gertrudis le concediera uno mejor que a ella!!! ¿Qué podía pensar? Pobrecita, ella que no sabe nada de los comunistas ni de Berlusconi. Pensaría que su trattoria era un antro de crimen y que sus dueños eran cómplices de ese mocoso harapiento cuya madre, sabe Dios en que andaría. Y que ella no hubiera estado allí, sino en la cocina, pelando los ajos para el pesto, para bajarle los pantalones y darle los azotes que la golfa que lo había parido no había sabido darle. Pero Monsignore había llegado, porque él tenía que hablar el tedesco y el anglese para explicarle a la americana de quién era la culpa y decirle que podía comer todo lo que quisiera y venir todos los días también y que si quería ella misma llamaría a la policía; aunque sólo Dios sabía qué sería de ellos si ponía una denuncia. La joven soltó la carcajada que tenía media hora aguantando y la gorda se llevó las manos a la cabeza, abrió los ojos como un pescado al que le han dado el golpe de gracia y amenazó con desplomarse sobre Monsignore. Todos la rodearon, y mientras el marido la abanicaba con un gesto compungido, el sacerdote traducía las expresiones de disculpa y de consuelo de la matrona.
Entendía todo y se hacía cargo de su sufrimiento, pero no le daba al hecho mayor importancia y no iba a hacer ninguna denuncia, porque lo único que quería era tomarse su sopa de brócoli que era la mejor de toda Italia.
Los temblores se detuvieron y el color volvió a las opulentas mejillas de la patrona. Donna Renata se incorporó con los ojos semicerrados agarrándose del brazo de su esposo, que en ese momento sonreía con la expresión confiada de un payaso de circo que levanta una enorme pesa de corcho que simula hierro para desconcertar a los párvulos. Luego hizo unos cuantos ademanes de ciega, y finalmente repartió besos y gracias a la signorina y a Monsignore; aderezado todo con suficientes persignadas y miradas al cielo. Ya dueña de si, dio una orden en dialecto a su marido, que se perdió de vista hacia la cocina como un suspiro. Sentó al sacerdote en la misma mesa de la turista, se llevó la sopa fría y volvió al cabo de un momento. Con gesto triunfal y una sonrisa que le ocupaba toda la cara, colocó entre ellos una enorme botella de Chianti que por poco no hunde la mesa de algo dispareja confección.

-Mi apellido es Colonna, - dijo el abate tendiendo la mano.
-Y yo soy Angela Lynn- respondió la joven con los ojos todavía empañados por las lágrimas de risa.-Me ha salvado la vida.
- Y usted la mía- dijo el aludido.
Acababa de reconocer a su compañera de mesa. El día anterior había visto

su foto en un periódico. "Una cineasta que piensa que el único público inteligente son los niños", decía el titular.

34
EL EMBARCADERO.

Cuando el dueño de la lancha que venía una vez al mes a la isla con provisiones descubrió que las facturas estaban dirigidas a "St. Francis Colony", comprendió que había escuchado mal y que el nombre no era "Colonnel ", como había entendido al principio, sino Colony. El rosario que una vez le había visto entre sus cosas y su aire poco marcial, contribuyeron a consolidar esta deducción. Cuando pensó nuevamente en el asunto, descubrió que una indudable laguna en su formación religiosa le había hecho pensar toda la vida que los santos estaban muertos invariablemente, y como era un poco charlatán cuando se le pasaban las copas, en poco tiempo todas la gente del puerto notificaba a los marineros en las charlas que en una de aquellas islas vivían San Francisco, un ángel vestido de mujer y un ejército de querubines. El rumor llegó un día a oídos del párroco, un francés que conseguía llenar la iglesia los domingos a fuerza de trabajar toda la semana como médico, maestro y veterinario. Un día, la jovencita a la que había logrado rescatar del paludismo y que ahora le hacía la comida y le ayudaba desparasitar a los pequeños; cosa a la que ella había accedido sólo después de que él le hubo permitido vestir un traje de monja que ella misma había confeccionado, lo arrastró de la mano hasta la puerta de un almacén y le mostró la esbelta figura de un ángel a través de la vidriera empañada por el salitre. Bonnard calibró toda la envergadura de la aparición cuando la vio salir de la tienda seguida de lejos por dos fornidos trúhanes que cargaban su compra hasta el muelle intercambiando miradas y gestos que delataban una mezcla de espanto y admiración para la que sus rudas facciones no encontraban expresión satisfactoria, y adquirían rictus anatómicamente inverosímiles. Bonnard tuvo que amenazar a su pupila con la privación definitiva de su investidura para que ésta se contuviera del impulso de entrar a la escuela para que todas sus compañeras pudieran contemplar también el milagro. A duras penas logró empujarla hasta la esquina y ponerla a salvo de las miradas de un grupo de grumetes que se debatían entre contemplar a la imponente rubia- de lo que los disuadían las feroces miradas de los cargadores- o prestar atención a la monjita enajenada.

33
LA CASA DEL CURA

El cura se había dormido y las moscas ávidas del mediodía ardiente se colaban por las costuras descosidas del mosquitero hasta su barba gris, buscando restos del almuerzo. En sueños, el seminarista Jacques Bonnard esquivaba los estoques de su profesor de teología, un franciscano de nariz afilada, convertido en avezado y amenazante espadachín, que proponía a toda costa alcanzar sus ojos con la punta afilada del arma. El joven sólo acertaba a mover la cabeza, que le obedecía con insufrible lentitud, como si pesara una tonelada. Sabía que la malla de su máscara estaba rota en varios puntos y que la puntería del adversario terminaría por lograr su propósito. "Si tu ojo derecho te hace pecar-gritaba el feroz enemigo-yo te lo vaciaré de un sólo pinchazo". Jacques lloraba y la punta del florete resbalaba sobre las lágrimas, espesas como miel; pero el ataque arreciaba de nuevo y la voz decía: "Ese es el truco de Miguel Strogoff, pero yo también leí el libro, así que no te servirá de nada". Entonces la mujer con cara de ángel se acercaba en cámara lenta y le quitaba la máscara. Con un gesto de su mano hermosa apartaba al espadachín atacante y éste, convertido en pájaro, salía volando. Luego ella secaba sus lágrimas con una esponja de mar. Se deslizaban hasta sus labios: ahora eran saladas y ligeras. Bonnard abrió los ojos. "Todavía estoy soñando" pensó, y volvió a cerrarlos. Pero ya no había imágenes. Sintió entre sus manos el lomo del libro que se había quedado abierto sobre su pecho, oyó el rumor del tul que le rozaba la barba y despertó del todo. Frente a él la monjita de comedia se deshizo de su vestido por encima de su cabeza con un gesto rápido y fácil, y se le quedó observando fijamente; el cuerpecito desnudo cubierto de gotas de sudor parecidas al rocío, como un perrito que mira a su amo esperando que éste le conceda una porción de su almuerzo. Cuando comprobó que el cura estaba bien despierto, con los ojos muy abiertos bajo las gruesas cejas fruncidas a punto de un regaño severísimo, movió las manos como la niña que recita unos versos en un acto escolar, aunque con variantes de pequeña geisha, mientras decía:

-Mi madre está contenta porque le he dicho que yo también voy a tener un angelito. El santo me ha explicado que ella no es ángel, pero que todos los niños sí son angelitos; y que los querubines no tienen que ser rubios como los pintan en los libros, porque...

-Vístete y ve a decirle a tu madre que los curas no tenemos hijos, porque ni siquiera...nos acostamos con las mujeres.

-Eso, nadie en el pueblo lo cree. Todos piensan que desde que vine aquí soy tu mujer, y dicen que tú no me quieres porque no te importa que yo muera sin haber tenido hijos. Además dicen que el santo también es cura y que su mujer tiene docenas de hijos.

Entonces Bonnard tiró el mosquitero de un manotón y se levantó enfurecido, como una pantera que se debate en una red.

-Ese santo y ese ángel van a recibir su primera lección de teología-gritó-, y salió envuelto en el tul en busca de su machete.

32
LA ISLA, FINALMENTE.

-¡¿Qué le parece!? — gruñó Bonnard para finalizar su exposición.
Los hundidos ojos de Colony, arrugados por el sol deslumbrante, daban a su rostro de rasgos cortados con cincel un aspecto que recordaba los monolitos de Pascua.
-Me parece que ha hecho Ud. bien en curarle a la chica su enfermedad y enseñarle a desparasitar a los críos. Y creo que ha hecho mal en permitirle vestirse como una carmelita en un clima como éste; y peor en dejarla que le cocinara si no estaba dispuesto a casarse con ella. Angela sorbía su limonada, divertida por la discusión y decidida a no disimularlo. Bonnard hervía sin reparos, como una vieja tetera desvencijada.
-Y qué me dice de hacerse pasar por San Francisco, padre de querubines, y marido de un ángel cuyo sexo sería evidente hasta para los más bizantinos ?

- Me parece que habría sido Ud. un buen cura de provincia en su país natal, si no fuera por su talento un poco por encima del normal, que le alcanzó para estudiar medicina, adherirse a corrientes vanguardistas de la teología y venirse a vivir entre los salvajes en busca de datos de buena fuente para la comprobación de sus teorías, pero que le impide comprender el postulado esencial de toda la doctrina, al que todos los demás deben supeditarse pase lo que pase. -Y Cuál es esa clave de las claves que el propio Francisco reencarnado ha venido a revelarme?
- Lo sabe Ud. de memoria en varias lenguas. La recita cada vez que dice misa. La enseña a todos los alumnos. Y la practica a menudo, cada vez que su cerebro volteriano se descuida. Pero aún no la ha reconocido en su carácter sagrado, es decir, absoluto. Esa clave es la palabra más común y más trivial, y sin embargo creo que su monjita de vodevil tiene mucho que enseñarle acerca de ella. Y no sólo a Ud., sino también a mí y a la madre de mis numerosos hijos. Porque se aprende más acerca de ella en una isla de salvajes que en un seminario o una universidad.
¿Hace falta que se la deletree?
Angela hizo un ruido poco acorde con las reglas de la cortesía. Era que su pajilla había succionado todo lo que quedaba de limonada en el vaso. Bonnard la miró mecánicamente y ella aprovechó para inclinarse hacia él y decirle, simulando un aparte teatral:
-No crea que siempre es así de solemne, creo que el sol le ha afectado un poco. En mi opinión, no le vendría mal un examen médico.

El francés dirigió de nuevo la mirada hacia el viejo, diciéndose que ya no entendía nada de aquel par de dementes. Colony se limitó a sacar una enorme lengua perfectamente rosada y a decir:
-Aaaaaaaaaaa...

31
EL ALA DE HUÉSPEDES DE LA CASA EN LA ISLA.
-¿Y tú quién eres? - preguntó la niña al cura.
-El hermano Jack
-¿El de la canción?
- El mismo
- ¿Y de verdad duermes mucho?
- Todo el día y toda la noche.
-Y ahora ¿Por qué estás despierto?
- Porque tengo que tocar las campanas-dijo Jacques desperezándose con fastidio.- Laura, de cuatro años, lo observaba con atención.
- Si quieres, puedes usar mi cama.
- ¿Y crees que cabré en ella?
- ¡Es bien grande! -Laura abrió sus bracitos al máximo y luego comparó las puntas de sus manos con la calva del hombre. La comprobación no la dejó muy satisfecha, porque agregó: -Pero podemos juntar dos; la mía y la de mi hermanito Pedro.
- ¿Tienes muchos hermanitos?
-¡Uf!- Laura abrió su mano derecha y mostró sus cinco deditos estirados- Ciento veinte...creo.
- ¿Y qué serás cuando seas grande?
- Mujer-dijo con seguridad Laura- Como Angela. Y luego seré vieja, como Colony pero con pechos- y marcó dos globos imaginarios frente a su cuerpecito.
-¿Y qué más?
- ¡Ya tú lo sabes!, respondió ella con picardía.
- No, no lo sé. ¿Cómo sabría lo que tú quieres ser?
Ella lo miró con extrañeza. Luego posó su vista en la lejana frente de él. El sol la encendió.
- Deja ver -pidió. Él se agachó, no muy seguro de qué quería la niña. Ella se acercó y acarició la calva con delicadeza.
-Nunca había visto una frente tan larga-dijo. Luego contempló con firmeza un lugar por encima de su entrecejo por un largo instante.
-¿Estás seguro que no lo sabes?
-Seguro.
-Entonces te lo voy a enseñar. Mira para allá.
Señalaba el vacío que los separaba de la lejana colina recortada contra el

cielo de azul intenso.

- ¿Allá lejos?
- ¡No! aquí...- Caminó unos pasos y se detuvo en un lugar donde pateó en el suelo, riendo, como si pensara que el hombre le tomaba el pelo. Luego regresó a su lado y le tomó la mano, no sin examinar su frente de nuevo. Entonces apretó su manito contra la de él y cerró los ojos con mucha fuerza, como si le estuvieran lavando el pelo con jabón.

-Ya. ¿Lo ves?

-¿Ver qué?

-Bah! Así es también el marinero ese que trae las cajas; no ve nada.- En ese instante pasaban corriendo dos niños más, varones de unos diez años.

- ¡Julio, Chang!- gritó la niña. Los dos niños iban a seguir corriendo pero se percataron de la presencia de Jacques y se acercaron con interés a él para examinarlo.
- Él es Jacques, el de la canción- dijo la niña, y tarareó un trozo de ésta.

-Hola Jacques

- Hola.- Su larga frente resultaba sin duda muy atrayente.
- ¿Cómo es que no se ve lo que piensas? - Preguntó Chang.
- Es como el marinero -sentenció Laura-. Tampoco puede ver. Parecía una maestra en una clase práctica en el zoo, frente a la jaula de un animal raro. -¡A que sí ve! apostó Julio. Jacques optó por callar y observar. Laura se unió a los dos chicos de un salto.

-Si resultó con el hombre del barco debe resultar con él - Esta vez era Chang el que emitía su opinión.

-Pero el hombre del barco se asustó - advirtió Julio.

-Jacques no tiene miedo ¿Verdad? -Laura parecía confiada- ¡Él es el de la canción!

-Y tarareó nuevamente- ¿Tienes miedo? Sí o no.

-No -respondió Jacques con aplomo.

-Bueno, entonces no te asustes, no hace nada.

A continuación, los tres niños conferenciaron seriamente por un instante. No se ponían de acuerdo.

-¡Ya se! -gritó Laura con júbilo. Luego acercó su boca a la oreja de uno y otro. Los tres rieron satisfechos. -Nadie podría asustarse ¿Verdad? - Julio y Chang asintieron completamente convencidos. Entonces juntaron sus manos y arrugaron las caritas a la vez, cerrando con fuerza los ojos. Bonnard, con la atención puesta enteramente en los niños, no se percató, hasta que algo le hizo mirar hacia atrás, de la presencia de Angela.

Soltó un suspiro y comentó: -¡Buen susto me ha dado Ud.!

Pero la mujer no le respondió. Se limitó a esfumarse como si estuviera hecha de aire.

Bonnard se levantó de un salto y la buscó por todas partes.
Pronto tuvo que rendirse a la evidencia de que no estaba allí.

Los gritos de los niños lo obligaron a dirigir la mirada hacia ellos.
Estaban en el mismo lugar que antes, pero habían abierto los ojos.
-¿La viste? ¿Verdad que sí? La viste ¿No es así?
La había visto...
- Y fue una excelente idea -concluyó Laura- ¿quién puede asustarse de
Angela?

30
EL PERIÓDICO DOMINICAL.

Frank Demet llevaba semanas que no hojeaba a gusto un periódico, sin
tener que correr de la página de cotizaciones a la de análisis financiero y
revisar después por encima las noticias políticas. Era un apasionado de
la información. Y cuando aquella noche en que pudo refugiarse temprano
en su cabaña se sentó con una cerveza fría frente al jugoso New york
Times del domingo, sintió una fruición que pocas cosas para él eran
capaces de igualar. Se dirigió de una vez a su secreta debilidad: el rock.
Después de revisar los reportajes sobre los nuevos L.P y los últimos
conciertos y considerar las opiniones de un sociólogo que anunciaba un
"regreso a los 60" que no le pareció muy original en su argumentación, pasó
la página y se encontró con un titular a tres columnas que rezaba:
"Cuando esta generación despierte de su sueño" Se tragó el artículo
completo, cosa rara en él: "Para algunos, un profeta acaba de morir en
San Francisco. Otros lamentan la carrera truncada de quien podría haber
sido el mayor boom después de Los Beatles. Los hechos son estos: Chris
Cantara, de 19 años, hijo de hispanos inmigrantes, fue encontrado muerto
en su coche poco después que éste entrara en colisión con un camión
cargado de flores refrigeradas con destino a L.A.
Después de grabar su primer L.P. a la edad de 16 para una firma local,
Cantara se convirtió en una celebridad local y recibió ofertas de CBS y de
Velvet para un lanzamiento nacional. El artista dio largas a los acuerdos
propuestos y continuó presentándose en un Club de Sausalito que de la
noche a la mañana se hizo célebre en toda la costa Oeste. La lista de
espera para reservaciones se alargó más allá de los seis meses que duraba el
contrato de Cantara. Se pagaron cifras record por una entrada, y se
cuenta que Jane Fonda tuvo que hacerse pasar por agente de la brigada

de estupefacientes para oírlo desde bastidores. El día que su contrato vencía, Chris anunció que esa era su última presentación pública y al día siguiente se encerró en un estudio de grabación por una semana para producir su último disco, titulado "Tomorrow" que lleva vendidas 2 millones de copias. El representante de la casa disquera, una pequeña empresa dedicada al ramo de los discos educativos bilingües que se h avisto de improviso en el gran mercado, comentó: "Para hablar de números, pensamos que las cifras se triplicarán a raíz de la tragedia. Pero Chris era todo menos un número más. En mi opinión, era un poeta más grande que Dylan, con una voz que hubiera deseado tener McCartney en sus mejores años y una guitarra que sólo Hendrix hubiera igualado. Pero, por encima de todo, tenía el feeling de los tiempos, que estremecía el corazón de todo el mundo". Entre sus restos, se encontró una hoja manuscrita que ha sido certificada como suya, y que parece ser su última canción inédita:

"Cuando esta generación despierte de su sueño
  Y la voz del resucitado estremezca la tumba
  Nos levantaremos forcejeando las mortajas
  Y diremos: Hermano, habíamos olvidado tus promesas
  Dos mil años han sido un largo invierno   Y El responderá,
sonriendo como siempre:
  El tiempo es un engaño, el reflejo repetido del recuerdo
  Por mirar hacia atrás me habíais perdido de vista
  Pero nada temáis, porque sois inocentes
  Y vuestro mal nunca fue de muerte
  Os van entregando el Reino poco a poco
  Como la madre que cambia gradualmente
  La leche por la papilla de frutas
  Lo que muchas veces olvidamos
  Es que El Rey dispone
  De toda la eternidad
  Para planear la próxima jugada.

Frank Demet cerró el periódico. Y se quedó con la lata de cerveza entre las piernas y la mirada perdida en el vacío.

29
JUEGO DE NIÑOS

Angela leía sentada en una mecedora de mimbre bajo el alero blanco de la veranda. Drum, el pastor belga, hacía la siesta a poca distancia. La brisa ligera que subía desde la bahía traía retazos de las exclamaciones de la rueda de niños que jugaban en el patio contiguo, como las ráfagas multicolores de canicas que cayeran por un accidentado tobogán.

Angela levantó la vista y observó el juego, pensando que un nuevo Degas habría aprovechado tan buena perspectiva para hacer apuntes de los pequeños, que adoptaban aquí y allá posiciones propias de una extraña danza." Ahora Alex!" Era una variante del juego de la rueda.- ¡ A-lex, A-lex, A-lex! - gritaron todos mientras daban pequeños saltos en el mismo punto, tomados de la mano.
Alex se colocó en el centro y adoptó la postura firme y rígida de un soldadito de plomo. Sus ojos estaban cerrados con fuerza. La rueda giró entonces un cuarto de círculo en el sentido del reloj y se detuvo, lo que Alex aprovechó para salir disparado en tangente fuera de la circunferencia entre dos de sus compañeros que, juntando sus cuerpos, tardaron demasiado en impedírselo. Jadeando, observó al grupo desde la sombra de una palma situada a poca distancia; lugar estratégico sin duda para las reglas del juego, pensó Angela que no perdía un sólo movimiento. Entonces Alex volvió a adoptar su posición hierática, orientado hacia el mismo punto que antes, pero sin abandonar su " refugio" de la palma.
La rueda repitió su giro en el sentido inverso. Sólo ahora notaba Angela que los demás niños también cerraban los ojos. ¡ A-lex, A-lex, A-lex...!
La rueda había llegado a su posición inicial y el pequeño Alex volvía a estar en su centro, tieso como una estaca.
Angela giró la cabeza con la velocidad de una mangosta amenazada por una feroz cobra. Sólo alcanzó a ver, bajo la palma, la sombra que se retorcía en el suelo, como un pequeño charco de alcohol que se evapora.

28

OTRA VEZ EN EL CARIBE

Ron Pollack se llevó un nuevo chicle a la boca. Desde el " castillo" - en realidad sólo quedaba una plazoleta sobre el domo natural de piedra, punto superior del cono truncado de forma irregular sobre cuyas faldas se prendían las casitas del pueblo como tenaces mejillones - la bahía tenía un aspecto irreal. Los " Islotes de la Iguana" parecían un reptil antediluviano que, sumergido a medias, dejaba ver la cresta espinosa de su lomo. Observando el hormiguear de las pequeñas embarcaciones que merodeaban a diversas distancias de las rocas, Ron imaginó una escena como la de Gulliver en Lilliput, en la que el tiranosaurio petrificado emergía de las aguas despertando de su sueño milenario y los botecitos rodaban envueltos por la espuma de las olas en una caída inesperada y vertiginosa. Cerca de él, un grupo de turistas franceses posaba para una foto. El que operaba la cámara automática daba instrucciones precisas y complicadas, separando de vez en cuando su ojo del visor para apreciar mejor el conjunto. Tal vez piense que va a registrar a la vez la sonrisa de su amiga y la marca de los cigarrillos que dejo en su bote, pensó Pollack. Había cientos de ellos. Alemanas de muslos como tomates bajo los shorts demasiado ceñidos, italianos displicentes tras sus lentes de sol, americanos que consultaban sus mapas que el viento les arrancaba de las manos. Como insectos invasores en un picnic abandonado sobre el mantel, penetraban en todas partes, llenaban los bares con carcajadas y tintinear de monedas y cubrían las playas con sombrillas, equipos de buceo y la cacofonía de una multitud de músicas de transistores simultáneas, que competían entre sí en una babel de sonidos ante la cual Beethoven se habría alegrado por su sordera. Podrían haber escogido otra época del año, pensó Ron mientras se encaminaba de regreso al monasterio. A lo lejos, el adusto volcán inactivo parecía contemplar el espectáculo con la distante serenidad de un chino que duerme la siesta.

27

EN ALTAMAR.

Horacio Luna estaba comenzando a acostumbrarse a la idea de que las cosas se obtienen cuando uno deja de desearlas. Repasó mentalmente los acontecimientos más importantes de sus últimos diez años y tuvo que confesarse que no era una mala hipótesis. Casi automáticamente, su cerebro comenzó el rastreo de posibles excepciones. Cuando este proceso concluyó, había al menos dos conclusiones: a) para dejar de desear algo, hace falta haberlo deseado primero. b) Si la fórmula es correcta, cabe aplicarla también al deseo de hallar la formula correcta. Como le sucedía casi siempre, cerró su reflexión entregando todas sus energías a experimentar las sensaciones que le ofrecía el momento presente. La brisa salada soplaba sobre su rostro como una interminable caricia. La superficie de azul vibrante de las aguas debía tener muchas cosas que decir, pero el permanente juego del sol tropical le hizo concluir que es preciso poner coto al extremado amor de la naturaleza hacia sus hijos, porque de otra manera, puede uno perecer por exceso de cariño. Bajó a la pequeña cabina donde el Capitán custodiaba el timón casi imperturbable en compañía de su inseparable loro real. Una palabra y la sonrisa correspondiente bastaron para que se le ofreciera terminar la travesía en el exiguo refugio, escudando del ave lo que parecían órdenes de navegación: "A babor una cuarta...a estribor y a mil nudos... ¡a bordo! ¡A bordo! ".

El capitán tenía su propia mitología para explicar lo que sucedía en la isla. No fue difícil hacerse pasar por un ignorante que había llegado allí por unos cuantos dólares para recibir la versión completa. Aparentemente, no había grandes peligros. El santo y su ángel eran buena paga y daban siempre propina. Su dinero era de curso legal en la tierra y no andaban sacándole a uno sus pecados. Es verdad que los niños estaban todos locos y que los marineros les huían como a espantos, pero ¿Quién puede fiarse de los marineros? Si uno sabía controlar la bocota - el capitán parecía un experto- todo se mantenía en los límites de lo razonable. Claro que era difícil impedir que los ojos se fueran detrás del ángel, pero si ella lo pescaba a uno en esas debilidades, lo traspasaba con una mirada que curaba la enfermedad para siempre. Lo que quedaba se podía aliviar sin problemas una vez de regreso en el puerto. En resumen, que la vida tiene más sorpresas que el mar; y ya estamos llegando. Luna contempló el perfil escueto de la isla, tras la reverberación de la atmósfera pesada y caliente. Las siluetas que se dibujaban en el muelle eran la de Angela y unos cuantos niños. Ella permanecía quieta. Sólo su cabellera ondulaba con la brisa. Si no es un ser sobrenatural, pensó Horacio, lo disimula bien. Los niños agitaban las manitas saludando a la embarcación. Voy a intentar no desearla - se dijo Luna burlándose de sí mismo; tal vez así la obtenga.

Cuando al fin la lancha tocó el muelle, los niños recogieron la amarra y la ataron con pericia al   poste. Luego saltaron a bordo, sin duda esperando las golosinas de costumbre. El capitán arrugó las facciones y cruzó los brazos. Los niños lo rodeaban sin hacer caso de su simulada indiferencia y hosquedad. Vencido al fin, el viejo malayo corrió seguido por los pequeños hasta una bolsa escondida entre los salvavidas de cubierta. Mientras los niños se repartían los dulces, Angela Lynn, con las manos metidas en los bolsillos de su ceñido blue jean, sonrió a Luna y preguntó:

¿Y bien? ¿Tiene ya la respuesta?

- Aún no sé qué es lo que no sé - bromeo él saltando a tierra. Ignoraba sin duda que citaba textualmente a San Agustín.

26
LA ROSA

Alex mostró el papel, muy orgulloso de su trabajo.

Así – dijo- Era un círculo bastante regular dividido en sectores de superficie parecida, como una rueda. Cada sector había sido coloreado con un tono distinto.

En algunos de ellos figuraban unas pelotitas de diferente color.

- ¿Y esto qué es? - preguntó Angela.- El niño miro el dibujo y, despúes de pensar un poco, como si recordara, dijo:

-Son las bolitas. Tienen que estar en el mismo lugar para poder saltar.

- ¿Y Cómo haces para "saltar"? - preguntó Luna.

Alex intentó una explicación gráfica.

- Primero, cierro los ojos; así...- Angela le retuvo la mano con suavidad, pero firmemente.

- No queremos que lo hagas ahora...- El niño abrió los ojos y rio.
- No pasa nada si yo no quiero – explicó, como si tratara de tranquilizar a uno de sus hermanitos más pequeños. Angela y Luna se miraron.
- Bueno - prosiguió Alex, evitando cerrar esta vez los ojos; no fuera que los adultos se asustasen- Cuando aparece la rueda, ella está girando; entonces respiro.
- ¿Quieres decir que retienes la respiración, como cuando se nada bajo el agua? - No. Así - El niño produjo una respiración un poco más veloz que la normal y bastante sonora - ¡Respiro! -rio otra vez- ¿No sabes lo que es res-pi-rar? - -Si - confesó Luna resignado- ¿Y entonces?
- Bueno. Entonces me quedo muy quieto y respiro, y la rueda se va parando y se queda quieta.
- Con las bolitas...-propuso Angela.
- Claro. Si no ¿Cómo voy a poder acordarme? -Comprendió que su explicación no iluminaba mucho a los grandes y agregó:
- Mira - dijo haciendo un último esfuerzo - Cuando la rueda se para, las bolitas también se paran. Entonces yo la miro un rato y me fijo en el color que está arriba y los colores en los que están las bolitas.¿ Entienden ahora?

- Sí...-dijo Luna después de un titubeo- Pero... ¿Y los demás colores? El niño sonrió con picardía y paciencia.
- Lo mismo me preguntó Laura. Ella no conseguía fijarse en todos los colores. ¡Pero no hace falta! Si sabes cual está arriba es suficiente, los demás siempre están en el mismo orden. Siempre.
Lo último era el enunciado de un axioma.
-¿Así? -preguntó Angela mostrando el dibujo.
- Más o menos. Los colores no son iguales; es que estos lápices...
- Está bien. ¿Y Que pasa luego?
- Luego abro los ojos y salgo corriendo.
- ¿Corriendo...?
- ¡Corriendo de verdad! ¡Corriendo! Así. -Y comenzó a trotar sobre el mismo lugar.- Eso es cuando te vas de la rueda. Quiero decir, del círculo de los niños.
-Y después...
- Vuelvo a cerrar los ojos y espero que la rueda se pare. Y entonces recuerdo como estaba antes y ya.- -¿Como que ya?
-Ya. Vuelvo a poner el color de arriba, arriba y las bolitas en sus lugares.
- ¿Y eso... cómo lo haces?
- Fácil. Es como cuando quieres que alguien vea lo que estás imaginando. Sólo que eso no se puede mostrar.
Angela suspiró. Luna tomaba notas.
- Y cuando lo "imaginas". ¿Qué pasa?

- La rueda vuelve al lugar de antes, ya te lo dije.-
- ¿Y cómo estás seguro de que todas las bolitas están en su lugar?
- Porque me acuerdo.-

El niño había optado por responder sin hacer más comentarios. Luna observaba el dibujo. Comenzó a contar los puntos que representaban las bolitas.

- Uno, dos, tres... ¿Siempre son...?
- Siete -dijo el niño seguro de su respuesta- Y los colores son doce. Y las bolitas son de tamaños diferentes ¿Ves? No se confunden.

Luna dirigió una mirada a Angela. Esta parecía estar en otra parte.

- Y cuando has vuelto a poner todo en su sitio ¿Qué pasa?
- Abro los ojos y estoy otra vez donde estaba antes.
- Y si, digamos, te equivocas sobre el lugar de una bolita...No te ha ocurrido?

-Sí. Al principio me equivoqué dos veces.

- ¿Y qué ocurrió?
- No pasó nada. Si no pones todo en su lugar, no puedes saltar.
- ¿Estás seguro?- Luna había dejado de tomar notas.

Por   primera vez el niño vaciló antes de responder. Después de   todo, aquel barbudo no era tan tonto como parecía, dijo su expresión silenciosa.

- Se podría intentar - respondió- Tal vez con un poco más de fuerza...

Angela saltó de su silla como Jumpin' Jack, el payasito de resortes.

- ¡No! -gritó fulminando a Luna con la mirada. Este cruzó un guiño de complicidad con el divertido Alex y respondió:

- No se asuste. El sólo no podría hacerlo"

25

TODOS LOS CAMINOS

-Pongámoslo de esta manera -Luna señaló la pequeña cruz que había dibujado en la arena - Todos los caminos conducen a Roma.

A continuación, hizo unas cuantas rayas irregulares, como los brazos de un pulpo, que se acercaban a la cruz, hasta casi tocarla. Colony, sentado en el piso con las piernas dobladas y las rodillas sostenidas entre sus brazos, lo observaba sin hacer comentarios.

- Ahora supongamos que en este camino -puso la yema del dedo sobre el extremo de uno de los brazos del pulpo, haciendo un ligero hoyuelo- hay tres posadas: la del gato, la del cuervo, y la del...
- Peregrino - colaboró Colony.

-   Eso es. -Luna había señalado las posadas con tres nuevos hoyuelos. Ahora, si decide Ud. tomar este camino, pasará sin duda por esas tres posadas ¿Cierto?
-   Certísimo.
-   Y luego, eventualmente, llegará a Roma.
-   Eventualmente.

Salvo por las dos figuras, la larga playa estaba desierta. Una gaviota solitaria sobrevoló a poca altura el parasol que en una época había sido anaranjado, rozando con su sombra el círculo oscuro que éste proyectaba sobre el suelo, a escasos centímetros de Roma. Los dos hombres levantaron la vista, y el pájaro aleteó perezosamente. Luna aprovechó para encender un cigarrillo. Colony contempló el terso horizonte, como Achab comprobando la ausencia momentánea de Moby Dick.

Luna volvió a señalar el diagrama, esta vez con la cabeza de una cerilla de madera. Colony posó su mirada en el palito. Este se erguía ahora señalando el punto de partida del invisible caminante del argumento. Luna ordenaba sus ideas con gesto de ajedrecista que no pierde de vista la aguja del reloj.

-No están solamente las posadas-, dijo al fin- hay también una secuencia determinada de árboles, casas...- una segunda cerilla iba ilustrando el comentario con pequeñas marcas a lo largo del surco.-...Y otras cosas que Ud. recorrerá necesariamente si quiere llegar a Roma.

-   Si quiero llegar - repuso Colony, con lo que al otro comenzaba a parecerle un estilo de no muy clara intención.

-¡Tiene que llegar! - exclamó Luna atenuando su vehemencia con una sonrisa de expectación. El otro devolvió la expresión como un espejo, aunque esta vez se cuidó de no repetir la frase.

-¡Es más fuerte que Ud.! Podríamos decir incluso que ya ha llegado.

La mirada del viejo era ahora perfectamente intraducible. Luna pensó en los octógonos de la caparazón de una tortuga que acabara de retraer todos sus miembros.

-Pongámoslo de esta manera -dijo, consciente de que él también se repetía- Si estuviéramos aquí...El viejo lo interrumpió. La tortuga se había convertido en un águila a punto de levantar el vuelo que lo miraba fijamente.

-Creo que pierde el tiempo. -dijo- Me está tratando de convencer de algo de lo que estoy convencido ya. A saber: que podemos movernos en el tiempo con la misma libertad que en el espacio. Y que este hecho no anula el otro de que existe una secuencia de hechos concatenados similar a la de su camino, con sus arbolitos, sus colinas y sus tabernas, que eventualmente, tarde o temprano conducirán a Roma; es decir, al futuro. ¿No es eso?

Luna   observaba   su   cigarrillo   que   parecía consumirse irreversiblemente.

-No es fácil hacerse a la idea - confesó.- Es lo único que no hemos aprendido a perdonarle a Dios, amigo mío, es que nos haya hecho libres. Y ese es también nuestro único pecado.

24
EL CATALEJO

Miguel   Ángel Quinteiro colocó el cilindro contra el ojo   derecho de Pollack. Este se dejó hacer, como si estuviera a merced de un barbero que manejara su afilada navaja con demasiada soltura. Entrecerró el ojo izquierdo y observó. Era un círculo dividido en sectores de   colores luminosos. Dentro de él flotaban unas esferitas plateadas de diferentes calibres. Fuera de la   circunferencia, en la parte más baja, un cuadrante mostraba unos numeritos que cambiaban constantemente, como los de un cronómetro digital.

-Un caleidoscopio de transistores -aventuró Pollack.

-No - respondió el sudamericano sin apartar el artefacto de la cara de Ron - tiene dos oportunidades más.

Acto seguido pulsó un botón en alguna parte y la rueda comenzó a girar con un leve zumbido. Los colores se mezclaron y pronto todo se tornó blanco. Sólo se veían las pequeñas esferas, rebotando frenéticamente.

-Ya sé. Es un círculo de Newton electrónico.

-Frío, frío.- sentenció Quinteiro. Sin preocuparse por explicarle al americano el significado de esa expresión, tomada del juego infantil en el que un niño esconde un objeto y va orientando a los que tratan de hallarlo con palabras que indican grados distintos de temperatura. Cuando alguien se acerca   mucho al   escondite, el que lo conoce dice "caliente, muy caliente", y así sucesivamente. Activó otro dispositivo y la rueda se detuvo instantáneamente. La imagen que observaba Pollack ahora era exactamente idéntica a   la inicial. Las bolitas ocupaban los mismos lugares y los numeritos componían la misma cifra.

-Es muy ingenioso. Pero me rindo.

Quinteiro colocó con cuidado su invento en la caja de fina madera recubierta interiormente de fieltro. Por la mente de Pollack pasó una idea. Con demasiada velocidad como para identificarla del todo. Le quedaba una oportunidad para desquitarse de las numerosas partidas de ajedrez perdidas ante "Mike", como había apodado al inventor, para simplificar los problemas fonéticos.
-Es un instrumento de navegación.
Quinteiro se acercó solemnemente y tendió su mano al 'gringo".
-Good - dijo. Era la única palabra que pronunciaba aceptablemente en inglés. El y el ingeniero se entendían en francés. Cerró la caja, miró a su interlocutor fijamente por un largo momento con sus gruesos labios formando la sonrisa equívoca que le era característica y declaró:
-Un cronoscopio, Ron. Una brújula para viajes intertemporales. ¡La Rosa de los tiempos!

23
APARECE EL EXTRAÑO.

-¿Srta. Lynn...?
Angela se preguntó quién podía haberla reconocido en aquella banal cafetería de Sacramento.
-¿Sí?
-Me pregunto si podría...dirigirle la palabra.
-    Creo que ya lo está haciendo.
-    Disculpe. No estoy acostumbrado a este tipo de...encuentro. ¿Puedo sentarme un momento?-
Era un joven alto, rubio, de cabello muy corto. Sus facciones eran finas, y Angela sintió que le recordaba a alguien que en ese instante no podía identificar, pero que sin duda se trataba de una persona muy cercana a ella. Sus manos, de largos dedos, mostraban una como exagerada pulcritud, próxima a la asepsia de un cirujano. Acomodó junto a su silla un portafolios de cuero y se sentó con movimientos calculados. Angela sintió un leve estremecimiento.
-¿Y bien? - dijo con algo de dureza, como para darse fuerza.
-    Lamento tener que incomodarla. Srta. Lynn, pero se trata de un asunto de...alguna importancia.-

Hablaba como el extranjero que busca la palabra adecuada mediante una operación mental. Sin embargo, no tenía acento alguno, y su dicción era correcta.
-Le escucho.-

Sin saber por qué, Angela actuaba con una agresividad poco frecuente en ella. -Bien. No quiero que esto la alarme ni la preocupe, pero es el caso que hemos detectado...

-¿Hemos?-

Lamentablemente, no estoy autorizado a aclararle ese punto.

La expresión era perfectamente pacífica. Angela lo miró, tensa.

-Sé que puede resultarle algo irregular, pero le ruego que no...se inquiete. Es una simple medida de seguridad para...para ambos.

-Vaya al grano - espetó Angela - que en una rápida consulta consigo misma había decidido no dejarse amedrentar.

-Como le decía, hemos detectado ciertos fenómenos físicos; específicamente, ciertas alteraciones del...del espacio-tiempo en la isla que Ud...

-No sé de qué me habla. Ni con qué derecho han estado espiándome. Es una isla privada.

-Le aseguro que no ha sido nuestra intención. En realidad hemos captado la señal

y...sencillamente la hemos rastreado hasta su isla.

-Lo que pasa en mi isla es asunto mío.

-Entiendo su recelo. Y le aseguro que no nos habríamos atrevido a molestarla si no fuera porque dichas alteraciones...cómo explicarlo...podrían tener, en caso de realizarse sin ciertas medidas de seguridad, consecuencias desagradables para...todos.

-Le garantizo que sé muy bien lo que hago en mi isla. Y le repito que no le debo a nadie explicaciones.

-La entiendo. No queremos poner en duda su...cómo diríamos...su competencia; ni la de sus colaboradores. Por otra parte tenemos la mejor referencia acerca de su labor, que en todo lo restante consideramos excelente. Y entienda que no habríamos adelantado una investigación si no fuera porque detectamos esas...irregularidades.

- ¿Qué espera de mí?

El extraño pareció aliviarse. El también parecía algo tenso. Abrió su portafolio y sacó de él un grueso legajo.-Tómelo por favor como una modesta colaboración. No es que queramos enseñarles a Uds. su trabajo. Pero...en la medida en que pueda serles de utilidad...Es matemática sencilla.

Angela le dio una hojeada.

-Sólo me permito añadirle que sería conveniente que restringiera Ud. la circulación de este material a las personas de su mayor confianza.

El extraño se puso de pie.-Ahora, si no le importa, debo irme.

Angela no sabía qué hacer.

-Me imagino que tampoco me dirá su nombre -dijo.

-Me temo que no serviría de mucho. Si hiciera falta, yo me pondría en contacto con Ud. nuevamente. Pero creo...que no será necesario. He tenido mucho gusto en conocerla.-

Y se retiró como había llegado. Angela se levantó también. Había perdido interés en su taza de café. Cuando recogía su cartera, de la que se había deslizado su espejito de maquillaje, observó algo que, por un instante, la sobresaltó. Hacía mucho que no tenía tiempo para mirarse en un espejo. Pero lo que le causó la impresión no fue su rostro o el estado de su peinado. Era que ahora sabía por qué los rasgos del extraño le habían parecido familiares.

22
UNA FÁBULA

"Si en el póker quieres ganar, no te canses de pasar"

El jugador inexperto, en efecto, suele "pagar" por todas sus manos, por pobres que estas sean, en la esperanza de que las de sus contrincantes sean aún más débiles o que, llegado el momento, un bluf maestro le conceda la victoria. Pero el bluf es como una navaja de delicado filo, que no sólo puede cortar al que la maneja sin cuidado, sino que también se mella con facilidad si se la usa sin discriminación. De esta manera, es frecuente ver jugadores que, como Pedro y el Lobo, agitan su gastado bluf con desesperación cuando la oportunidad que no han sabido esperar con paciencia llega finalmente. Entonces, al igual que el personaje calvo del refrán, la Fortuna se les escurre con burlona mueca de desdén.

Y es que esta deidad, contrariamente a lo que suponen los que no la conocen – que son quienes han fabricado, tal vez por envidia, toda una serie de extravagantes y contradictorias leyendas sobre ella- es inocente y hasta ingenua por naturaleza, hasta el punto de que sería capaz de otorgar sus favores al primero que le ofreciera una sonrisa.

Si no fuera porque sus hermanos mayores, advertidos de esta debilidad, le han proporcionado un séquito de hábiles cortesanas que no la dejan sola ni por un instante.

Son estas servidoras menores las que, haciéndose pasar por su señora, se divierten con toda clase de juegos, burlas y engaños a costa de los pretendientes desprevenidos que se atreven, con ínfulas superiores a su condición de mortales, a codiciar las dádivas de la diosa.

Cabe decir que dichas damas, con la garantía de impunidad que les otorga la aquiescencia del soberano, no tienen reparos en ensañarse con infantil crueldad sobre sus víctimas más débiles y las someten a sutiles e indescifrables charadas de su invención, que muchas veces se convierten en verdaderas torturas para las pobres e indefensas presas.

Ya sea porque las hadas traviesas se aburren con facilidad de sus juguetes o porque su señora renueva constantemente la provisión de estos –o por ambas cosas- los escarmentados des-fortunados logran zafarse de sus redes y ganan refugio nuevamente en sus opacas pero seguras vidas de mortales. Y no asoman más sus narices fuera de los límites de su rutina. Se dedican entonces a desanimar con amargas frases a otros incautos que sueñan con los palacios de jade de la adorable deidad.

Existen sin embargo integrantes de una raza excepcional de desconocida genealogía que se diferencian de los demás humanos en que su anhelo por abrazar a la diosa de sus amores y contemplar de cerca su rostro es de una condición tan fuerte e irresistible que no vacilan en pagar una y otra vez como tontos el precio de las insufribles triquiñuelas de las acólitas. Con la esperanza de contemplar, aunque sea de soslayo y por un instante, el susurrante velo que cubre la augusta faz de la diosa.

Las pruebas a que son sometidos estos "elegidos " de la Fortuna, únicos candidatos a los que la diosa puede dirigir, asistida de sus chaperonas, una furtiva mirada de vez en cuando, son, si se quiere, más duras que las reservadas a los demás; pero su índole es muy distinta.

Bien porque el peculiar temple de éstos les hace ver los sortilegios sufridos como pasajeras y necesarias calamidades o bien porque –cosa que sucede a menudo- alguna de las doncellas se enamora de uno de ellos y lo auxilia con sus artes en secreto, lo cierto es que – para resumir- la suerte de unos y otros mortales es tan incomparable como sus naturalezas.

También es verdad que hay hadas particularmente celosas, que, habiendo librado a sus amantes de los encantamientos de sus pares, quieren retenerlos a su lado con otros encantamientos no menos poderosos e impedirle así el acceso a las cámaras de Su Majestad, por temor a los influjos de tan temible rival.

Pero como en la corte celestial todas las historias tienen un feliz final, tampoco estas peripecias son capaces de desanimar a los verdaderos buscadores de la Fortuna.

Art Gabriel era uno de ellos. Un jugador obstinado e inquebrantable, lo que en lenguaje ordinario se conoce como "un aventurero sin escrúpulos". Sin que los que lo hacen den importancia alguna al hecho de que bajo este título se clasifica a dos especies tan dispares como el día y la noche, a saber: los que juegan por amor y pagan a conciencia el duro precio de la incomprensión y el desdén, y los que juegan por vanidad y encuentran siempre en el éxito la moneda capaz de comprar las simpatías perdidas momentáneamente. A estos últimos se les perdonan los peores crímenes a cambio de una porción de su botín, que a consecuencia de este rito mágico se vuelve instantáneamente respetable.

La innata sinceridad de los primeros les impide mover un dedo en su propia defensa y muchas veces sucumben bajo el peso de acusaciones que son — por la inocencia que les lleva a conferir a sus jueces un prurito de honestidad semejante al suyo- los únicos en tomar seriamente.

Por eso las hadas se desviven por ellos y cometen las más arriesgadas locuras para ayudarlos.

En cuanto a los otros, la insensibilidad al amor es el mayor castigo conocido, se dicen las hadas. Y las variadas formas en que la naturaleza dota para obtener los favores de la tosca réplica inanimada que ellos y sus ciegos admiradores conocen con el nombre sagrado de la diosa, es tomada por las hadas como sabia compensación ante la indecible desdicha de no poder, siquiera, aspirar a obtener los favores de la verdadera.

Esta era la razón por la que Gabriel, a sus ya casi treinta y cinco años, y siendo tan inteligente — a juicio de todos los que le conocían- había tenido — también a juicio de estos- tan poca suerte en la vida.
"Él se lo ha buscado", decían. "No se puede ser tan ingenuo ni tan romántico." "Quién sabe si lo es tanto como suponemos.", comentaban otros: "Esa carita de niño puede esconder a un diablo..."
Pero éstas eran las versiones benévolas, Para todos los demás, Gabriel era un simple truhan, un vividor, un pillo que nunca había querido sacrificar esto — y mostraban un pedazo de uña- por los demás.
Lo que no decían era que el "los demás" de la frase se refería a ellos mismos, con quienes Gabriel había sido pródigo en el único bien que poseía, pero que por "mala suerte" no tenía ningún valor en el mercado.
Lo que no le perdonaban en realidad era que con diez veces más talento que ellos no hubiese hecho más dinero. Esto, a su manera de ver, insultaba sus valores y despreciaba el enorme esfuerzo que los pocos ahorros de ellos había costado. Y Gabriel lloraba desconsoladamente por su destino y lloraba por la ceguera de ellos, porque pensaba que queriendo dar amor sólo había proporcionado penas; y luego lloraba pensando que el ciego era él y los demás los que estaban en lo cierto...y tenían razón en considerarlo un egoísta.

Pero lloraba, sobre todo, porque Fortuna era insensible a sus demandas. Se había entregado de lleno a cada espejismo de su vida creyendo que detrás de aquella apariencia encontraría a su amada, sin importarle aceptar las peores privaciones y manteniéndose fiel a lo que sentía en su interior como un mandamiento sagrado.

Los espejismos se habían desvanecido uno tras otro como burlándose de él por haber creído que la diosa se dignaría a adoptar formas humanas.

Entonces Gabriel, rodeado de las recriminaciones de quienes habían puesto en él su confianza pensando que la fortuna a la que él se refería era la que ellos conocían, se reprochó por idólatra y se devanó los sesos tratando de imaginar cómo él, un hombre común y corriente, podía soñar con obtener en vida los regalos de su bienamada. Llegó a pensar que el despreciable muñeco de los otros podía no ser tan falso como parecía. E intentó alcanzarlo, pero también en vano. Se dijo entonces que si ponía cuerpo y alma en el propósito haría, al menos, felices a aquellos para quienes la muñeca era un bien tan preciado.
Y casi murió en la tentativa.
Concluyó que era en él, y no en los otros, en quien había algo que no funcionaba. Los demás tenían razón: él era un soberbio que había querido elevarse por sobre los mortales. Su castigo sería rebajarse a lo que siempre había conocido como mediocridad; tal vez allí encontraría lo que buscaba, una vez pagado el precio por su delito.
Y se propuso ser uno más, y compartir sus nimias preocupaciones buscando en ellas el sentimiento sacro que sentía como lo único digno de vivir. Pero tampoco esto funcionó.
Ya a esta altura lo único que le quedaba por probar, se dijo, era renunciar a todo y entregarse a su culto como un místico, esperando que tras una vida de expiación alcanzaría el amor en el más allá.
Pero todas las iglesias le cerraron sus puertas. Aquí no adoramos a esos dioses invisibles y paganos, le dijeron. Los nuestros tienen rasgos bien definidos y pagan sus cuentas con puntualidad. El amor al que los mortales pueden aspirar es el amor a un buen empleo y una familia respetable. Y el que cumple con Dios prospera dentro de los límites razonables, como nosotros, que somos sus fieles servidores y no nos falta un plato de sopa en la mesa.
Cuando él les recordó a los pobres y cómo a ellos se les había prometido el cielo, le dijeron que ya se sabía que la Escritura estaba llena de misterios y que intentar descifrarlos era un peligroso pecado.
Él se sometió y se rebeló más tarde; e intentó de nuevo someterse.
Entonces comenzó a sentir que enloquecía. En todas partes veía un signo o una señal de su diosa, o de Dios, ya no estaba seguro. Y empezó a experimentar que el azar no existía y que todo estaba perfectamente

organizado, como las piezas de un reloj. El espacio y el tiempo eran ilusiones y todo lo que había era una voluntad divina omnipotente que dirigía la realidad a su antojo, perfecto pero incomprensible. Se encontró completamente paralizado. Cualquier gesto suyo estaba decidido desde siempre. Había que calcular cada pequeño movimiento.

Comenzó a percibir que el sueño y la realidad se ínter penetraban y que su yo comenzaba a desvanecerse. El pánico hizo presa de él.

Gritó, lloró y pataleó llamando a la diosa de su amor desde lo más profundo de su alma y preguntándole qué significaba todo aquello. ¿Era ella una fantasía? ¿O acaso la fantasía era él? En cualquiera de los casos nada era real.

Entonces las hadas comprendieron que ya estaba bien y le acordaron un descanso.

Pero los gritos habían despertado a la diosa.

Las hadas le explicaron con excusas que sí, se les había pasado un poco la mano, pero... ¿Cómo imaginar que un mortal se fuera tomar tan en serio las cosas del otro mundo?

Ella exigió verlo. No pudieron negarse. Al fin de cuentas, con órdenes o sin órdenes la reina era la reina y ellas sus sirvientes.

Con su majestuoso paso y sus gestos de nobleza celestial. Fortuna entró en la sala que todas abandonaban despavoridas.

Entonces contempló su rostro dormido de ángel travieso y sonrió con infinita ternura. Los cabellos despeinados estaban empapados por el sudor. Ella se acercó y secó la frente con un finísimo pañuelo bordado de oro y perlas. Acercó sus labios perfectos a la mejilla húmeda aún por las lágrimas derramadas y colocó allí un beso que era capaz de detener el curso de una galaxia.

Se irguió nuevamente y por primera vez reparó en las marcas de los innumerables pellizcos que el celo de sus despiadadas ayudantes habían dejado por todo el cuerpo. Giró como una tormenta sobre si misma produciendo un estruendo ensordecedor con su capa de anochecer plagado de estrellas y dijo, con voz profunda que retumbó en todos los rincones de Palacio:

-¡Mi padre va a enterarse de esto!

Y salió de la estancia, no sin antes dirigir una última mirada de miel al durmiente. - Y desde hoy – ordenó solemne para que todas oyeran- es mi huésped. ¡Ay de quien le ponga un dedo encima!

21
TV
Gabriel oprimió con desgano el cambiador de canales del tele comando y el televisor parpadeó mostrando escenas sucesivas y dispares.

Lo abandonó desanimado y se sumió otra vez en su tedio adolorido. Desde la pantalla, en la que había terminado por sintonizar lo que parecía un acontecimiento del Show Business en Hollywood, la voz chillona de una reportera mencionaba los nombres de las celebridades asistentes al evento.

Entonces apareció un close up del rostro que, en las fantasías de Gabriel, siempre había tenido para él su diosa.

La imagen cambió de pronto, para mostrar las insulsas facciones de la periodista. "Esta era Angela Lynn, conocida por su parentesco con el magnate Al Murch, quien ha puesto una nota de color estridente en esta premier que..." Gabriel no escuchaba más. La fortuna había oído plegarias.

20

EN UN RESTAURANTE DEMASIADO CONOCIDO

Al Murch levantó la vista de su trago y la sangre abandonó repentinamente su rostro.

Ante él, con una sonrisa cómplice, la aparición de Joe Lynn lo observaba fijamente. Hubo que cargarlo hasta el lavabo para que vomitase, porque sus piernas dejaron de obedecerle y sus brazos temblaban como las ancas de una rana sometida a una corriente eléctrica.

Después de muchas explicaciones y tres cafés cargados aceptó la invitación del desconocido y se sentó en la mesa con él.

Ya más libre de los efectos del alcohol y pasado el primer susto, tuvo que reconocer que todo se limitaba a un parecido general, lo que la gente suele llamar "un aire de familia".

- ¡Pero qué aire...! – concluyó Murch después de contar brevemente la historia que explicaba su reacción. – ¡Por poco no me sopla usted al otro lado...!
- Lo lamento profundamente.
- Nada, amigo. No tenía usted manera de saberlo. Soy yo quien lamenta haberle hecho pasar un mal rato. A cambio de su paciencia acepte que le invite un trago.
- Con gusto.
- Pero no aquí. En diez minutos esto estará lleno de periodistas, como buitres que han olido la carroña.

Mi nombre es Murch - dijo tendiendo la mano- y aunque soy de carne y hueso, como ya usted habrá comprobado, mi cadáver valdría su peso en oro para la mayoría de los pasquines de esta ciudad. Usted...no es periodista ¿O sí?

- No. Pero incluso si lo fuera me interesaría usted más vivo que muerto. Soy músico, mi nombre es...-

Murch interrumpió la presentación apretando con fuerza la mano del joven. Parecía ansioso por constatar nuevamente que pertenecía a un ser de este mundo: el parecido del chico con Joe era mucho más llamativo de lo que había querido confesarse.

El chofer de Murch esperaba a poca distancia, como un perro asustado.

19
LA CASA DEL MILLONARIO

Los leños ardían en la gran chimenea, quejándose de vez en cuando de su suerte.

Desde el sillón de cuero, con una copa en la mano, Murch contemplaba el fuego.

- Creo que ahora sí me estoy poniendo viejo de veras- comentó-
Había vuelto a contarle al desconocido la historia del marinero y el licor le devolvía parte de la melancolía que el incidente había suprimido momentáneamente.

- Pero con mis tonterías- prosiguió- no le he dejado abrir la boca. Y me cae usted bien; no sólo por este...extraño asunto del parecido sino porque se ve que es un buen hombre: he conocido muy pocos de ese club...-
Sorbió otro trago y volvió a ser el simpático conversador que había construido un imperio a base de chistes oportunos.

- Veamos – dijo- Ud. será Aladino y yo el viejo genio que ha salido de la lámpara.
Pasados ya los primeros y escabrosos momentos...Aquí me tiene.- Cruzó los brazos y entrecerró los ojos con malicia.

- Pídame lo que quiera. En términos humanos soy prácticamente todopoderoso.
- A decir verdad – respondió el otro- he venido a pedirle algo.
- Ud. ordene, amo.
- Quiero pedirle la mano de su sobrina.
El genio soltó una carcajada que por poco no apaga el fuego de la chimenea.

El joven lo miraba.

- Ya ve. Hasta los genios nos equivocamos a veces. Ha nombrado usted una de las pocas cosas que escapan a mi poder. Pero esto le concede a usted otra oportunidad. ¡Vamos! ¿Me dijo que era músico? ¿Qué le parece un disco de oro y un premio Grammy?-
Murch observó el rostro impasible de su interlocutor.

- ¿Qué?... ¿También un Oscar? – Parecía divertirse con su oferta y con la indiferencia del otro- ¡Concedido!
Y agitó la cabeza como los ogros de las películas.

No hubo respuesta. El hombre no parecía conmovido por su actuación.

- ¿Cree que son promesas de tragos, eh? Bien, tome papel y lápiz: mi palabra vale lo mismo que mi firma.

- Hay una sola cosa en el mundo que me interesa- la voz era pausada, firme- y es su sobrina.

Murch sintió un escalofrío. Para vencer la sensación se puso de pie y escanció más licor en ambos vasos. Dio unas cuantas zancadas y volvió a observar al hombre, igual que un actor que está a punto de soltar un parlamento importante. El hombre lo miraba sin expresión.

- La cosa es seria ¿Eh? ...Sé lo que es eso. Yo también sentí una vez...algo parecido.

Y todo mi poder no sirvió de nada. Pero tal vez sea usted más afortunado que yo...- Después de un momento de reflexión, el millonario agregó, cambiando bruscamente de tema:

¿Juega al póker?

- A veces...

- Yo juego muy mal, pero soy un excelente perdedor. Qué le parece esto: Ud. tiene un as, es joven y guapo... ¿Es músico? Otro as; a Angela le encanta la música. ¿Le gusta leer?

- Es casi lo único que he hecho con dedicación en mi vida.

- Tres ases ¡Va bien! ...Le falta uno, pero yo tengo un comodín en la manga y voy en combinación con usted ¿Me sigue?

La expresión del otro era la de un jugador que trata de atrapar el bluf de su contrincante.

- Es muy claro: el comodín es mi dinero...y mi cercanía con Angela: ahora tiene usted un póker de ases. Y puede subir su apuesta hasta donde quiera, yo pago; estoy respaldándolo. Pero hay un detalle...

Gabriel seguía impávido. Murch se dijo que debía ser un excelente jugador.

- Y el detalle es que hay que jugar muy bien, porque ella puede tener mejor juego- Murch sopesó el efecto de sus palabras. No hubo respuesta.

- Muy bien – dijo finalmente- es un trato. Me gusta su estilo, como dicen los magnates en las novelas. Pongámoslo así: si usted logra sacar a Angela del inverosímil proyecto en que la ha metido un monje demente, yo le garantizo que haré todo lo que está a mi alcance para que usted logre su propósito.

Gabriel, con el aplomo que otorgan cuatro ases servidos, respondió, sonriendo por primera vez:

- Cuéntemelo todo sobre ese proyecto y ese fraile: con una mano así no queda más remedio que jugar.

18
EL INFORME

Se encerraron como dos conspiradores a trabajar día y noche. Los informes de

Demet, las averiguaciones privadas que había realizado Murch sobre Colony, Horacio Luna y Bonnard, las grabaciones hechas en Sacramento, las filmaciones de los niños. Todas las piezas del rompecabezas estaban allí, a la vista, sobre la enorme mesa de conferencias de Murch.

- ¿Qué hay de cierto en toda esa jerigonza sobre el tiempo? No estudié nada de esa materia en el conservatorio.
- Sabe Dios- fue la respuesta del viejo.
- Necesitamos un físico: el mejor. Esto no parece tener pies ni cabeza, pero si en alguna parte hay un corazón, es allí.

Dos días después, Jerzy Kublowsky, premio Nobel de Física, atravesaba la puerta introducido por el mayordomo.

Dos hombres que jugaban a las cartas en uno de los extremos de una gran mesa cubierta de papeles desordenados, ceniceros llenos, estuches de discos compactos...esos parecían ser los únicos asistentes a la conferencia para la que había sido contratado por una importante fundación.

El hombre mayor lo miró entrar y sin apartar del todo la vista de los naipes, dijo, a modo de presentación:

- No entendemos jota de matemáticas, así que puede escoger para sus ejemplos entre el lenguaje de los negocios o el de la música.
- Y el del póker – completó el otro integrante del público.

Bajo solemne juramento de secreto federal tomado por el agente Aloysius Murch sobre una Biblia, Kublowsky fue puesto en conocimiento de los datos disponibles. Al cabo de varias horas, con una exclamación aquí, una risa allá, y por el resto en atento silencio, el sabio limpió concienzudamente sus espejuelos, bebió un sorbo de agua fría, y dijo:

- Aclaremos un par de cosas...

Los dos hombres lo miraban con la atención de un par de adolescentes que contemplan su primera película porno.

- En primer lugar no existe (subrayen no) ninguna manera pensable de moverse en el tiempo como una reina de ajedrez en el tablero. Ni siquiera (subráyenlo) en el caso de que la reina tuviera los poderes de Superman. Todo lo que tenemos son peones condenados a caminar hacia adelante y, en algunos casos, desviarse ligeramente para comer una pieza del adversario.

Lo que sucede a los peones cuando llegan a fila ocho es ya otro cantar, y pertenece a la teología más que a la física.

A los efectos de nuestras modestas consideraciones humanas (subrayen humanas) a tales alturas los dichos peones no nos interesan en absoluto, por la sencilla razón de que han dejado de ser peones.

Por otra parte, si nuestros...si lo que el adversario del juego se ha propuesto es imaginar fantasías más o menos verosímiles al respecto (ustedes sabrán con qué propósito) les aseguro que nosotros – miró el fajo de naipes que Gabriel barajaba distraídamente- que nosotros podemos aumentar la apuesta y lanzar una fantasía aún más atrevida. Un bluf mayor, ya que me han sugerido usar este lenguaje... con tanta imaginación como ellos y con bases matemáticas más sólidas. ¿Me explico?

Por toda respuesta los dos hombres le entregaron un entusiasta aplauso.

OOOOOOOOOOOOOOOOOOOOO

El "informe anónimo" como Luna lo bautizó desde que Angela se lo mostró, ansiosa por entender su contenido y diciéndole que no podía revelar su origen, causó los efectos de un estimulante espaldarazo en el equipo de

Keiko Ozoki y, a la larga, en todo el grupo. Sus integrantes, en parte por el aislamiento, pero no sólo por eso, comenzaban a mostrar síntomas de cansancio y apatía.

Se habían enviciado con el sutil y peligroso estupefaciente de lo extraordinario. Y habrían aceptado con interés y seriedad la más estrafalaria de las ficciones con tal de sentir el excitante cosquilleo que produce la novedad, que —como saben bien los publicistas- sólo puede ser re-estimulado en base a un aumento creciente de sus ingredientes activos: la sorpresa y la promesa de lo inédito y lo insólito. Luna, protegido a medias por su natural cinismo, vio en el pedido de extrema discreción hecho por Angela una ocasión para entregar las conclusiones del informe con cuentagotas, como si se tratara del producto de sus esfuerzos personales. Esto lo hacía, qué duda cabe, para impresionar a Keiko Ozoki, quien no terminaba de rendirse a sus intentos de seducción.

Aunque en muchos aspectos el informe descartaba por inoperantes algunas de las más caras hipótesis de Ozoki, e incursionaba en variantes que ella no había considerado por su aparente dificultad lógica, el impecable estilo de formulación producía el efecto que experimenta quien ve desarrolladas sus ideas por un Premio Nobel y descuenta, por obvio, que si alguien de ese nivel se ocupa del asunto es porque las proposiciones de base no eran nada descabelladas.

Por todo esto, Angela tuvo que soportar a solas todo el peso del misterioso encuentro y su difícil interpretación.

Intentó sondear a Colony – el único en el que habría podido confiar eventualmente- pero éste respondía, sin prestarle demasiada atención, con sus habituales sentencias sobre la Providencia Divina.

Angela lo miró en silencio y comprendió el verdadero significado de lo que se conoce como "fe ciega".

17
LA CAFETERÍA

Entonces, como quien descubre de pronto que algo que ha estado buscando por mucho tiempo siempre estuvo ante sus ojos, Angela se percató repentinamente de la profunda, agobiante y total soledad en la que había permanecido toda su vida sin saberlo.

Sintió que el vientre se le contraía y todo su cuerpo empezaba a sudar frío. Alcanzo a tirarse en la cama y a soltarse el sujetador. Cuando la realidad comenzó a desvanecerse a su alrededor y dejó de sentir el peso de su cuerpo, respiró hondo y se encomendó a Dios.

Al despertar miro el reloj: había dormido más de veinticuatro horas seguidas.

Eran las tres de la tarde de un caluroso domingo.

De un salto se levantó de la cama. Se dio una ducha y se vistió con un traje ligero. Contra su costumbre, se puso rouge en los labios y un collar de perlas. Cogió su coche y se dirigió a la cafetería de Sacramento.

Mientras tomaba su café, una ambulancia estacionada enfrente arrancó de prisa. Esto le trajo un recuerdo indefinible. La sirena se perdió en la distancia.

Dejó todo lo demás y se dedicó de lleno a la improbable búsqueda con el mismo ahínco que veinte años atrás había puesto en su persecución de Joe, el marinero. Con una excusa suficientemente esotérica para que no levantara sospechas anunció por teléfono que una ausencia corta pero difícil de precisar en cuanto a su duración era de vida o muerte para la suerte del proyecto. Su inicial timidez para expresar lo que sentía íntimamente como una falta de solidaridad en el momento más crucial se desvaneció al escuchar la respuesta tranquila y jovial de Demet:

-Lo que Ud. ordene mi general. Me ocuparé de que la tropa no se percate de su desaparición -.

Comprendió que nadie la necesitaba. La misteriosa "alma mater" que todos veían en ella no era un personaje de carne y hueso: sólo un mito que sonreía de vez en cuando. Se registró en el Hotel Sacramento, a un par de calles de la cafetería y se instaló en su mesa con las obras de Stendhal. Solo se levantaba para ir al servicio y para retirarse a dormir a medianoche cuando el local cerraba.

A la primera insinuación equívoca del dueño, sacó de su cartera un fajo de billetes y lo colocó en el mostrador.

-Si colabora habrá otro al final. Si se pone pesado tendré que avisarle a mi hermanito que trabaja en el F.B.I. y era quarterback de su equipo en la secundaria.

El hombre, un italiano bonachón cuyo único vicio era la charlatanería, accedió de buena gana y dio órdenes a las camareras para que no molestaran a la señorita, que era —y esto de su propia cosecha- una célebre escritora que estaba de incógnito recogiendo impresiones para su próximo libro, que transcurriría íntegramente en el café de Bob, que era él.

Angela apoyaba la versión con una libreta en la que de vez en cuando apuntaba una que otra frase suelta.

De hecho, Stendhal era sólo un procedimiento para mantener entretenida a una parte de su mente mientras la otra, libre por un rato de su parlanchina amiga, se dedicaba a pensar su próximo paso.

Reconoció que no existía ninguna referencia, nada de qué asirse, ni manera alguna de provocar el encuentro o dar con su paradero.

Ante la imposibilidad de actuar, sin embargo, ese lugar era el único que contenía, aunque fuera sólo en su pasado inaccesible, un trozo de su presencia. O al menos de su ausencia.

Su mano tomó el lápiz y escribió: "pasado inaccesible". Luego lo soltó.

Por ahora no quería volver al bullicio y la locura del proyecto: los niños, la astróloga, Horacio Luna y sus risotadas....

Todo lo que necesitaba era ese pequeño café de mala muerte de la calle trivial con el asfalto reverberando bajo el sol abrasador y uno que otro coche que pasaba siempre en la misma dirección, como si fuera el mismo coche que diera constantemente la vuelta a la manzana cambiando de disfraz en las esquina.

Todo lo necesario eran las cuatro mesas, el somnoliento Frank recostado en el mostrador con la revista de carreras, y la empleada que movía las rodillas al compás del rock n roll mientras se limpiaba las uñas. Era allí donde lo había conocido. Allí donde se había puesto en guardia contra él sin saber por qué, mientras él tartamudeaba mirándola con sus lejanos ojos azules, por los que ella hubiera podido navegar hacia mares remotos para no regresar nunca más.

Pero él se había ido como todos los marineros, sin saber si algún día volvería. Había apoyado sus manos de dedos largos sobre la gastada fórmica de la mesita y había dicho: "tengo que irme". Ella sabía que aquella frase había sido tan irremediable como el sol, como las estrellas, como el tiempo.

Pero no necesitaba retroceder la película como Alex para vivir otra vez aquel instante y retocar su desenlace. No lo habría resistido. Hubiera sido una vil trampa; algo tan repulsivo como una cirugía estética para ocultar las arrugas de los ojos cuando las manos hablan de la belleza profunda y secreta de la experiencia. ¿Qué era el tiempo sino el lento madurar del alma, algo que nada tenía que ver con los relojes ni con los ridículos electrones de la Dra. Ozoki?

Él había venido para advertírselo. Él estaba allí advirtiéndoselo desde aquella tarde para siempre. Le había sonreído sin casi mover los labios, con un gesto que ella luego había reconocido en su propio rostro: esos gestos que no se heredan ni se adquieren sin que vienen de otra parte.

Si lo viera de nuevo... ¿Pero acaso tenía importancia? ¿No estaba allí junto a ella, o más bien dentro de ella, intacto, eterno?

Pero no. El pasado no es suficiente. Era sólo como el tema apenas esbozado de una sinfonía, que debe ser desarrollado y desplegado hasta manifestarse en todo su esplendor. Pero... ¿Cuándo? ¿Y qué hacer mientras? ¿Y después qué? ¿No terminaría, después de agotado, por hacerse banal y corriente, como las versiones de Mozart en tiempo de rock? Tal vez fuera preferible dejarlo así, como una perla única y concentrada en sí misma, que es deleite con su perfección en lo profundo de la ostra; que sólo se abre en la noche solitaria para rendir tributo a su madre, redonda y blanca sobre el terciopelo negro de la noche.

Pero era imprescindible buscarlo, aún a sabiendas de que el encuentro sería el comienzo de la muerte. Cada palabra dicha — si ahora por ejemplo apareciera- sería una palabra menos; cada mirada una mirada más: el siguiente grano de arena en el montoncito que va creciendo abajo mientras el de arriba se disipa. Pero lo peor de todo era esta parálisis, este auto secuestro en el lugar que acaso él jamás volvería a pisar.

Angela leyó la frase que había escrito y se le ocurrió una nueva manera de leerla:

"Pasado inaccesible".

16
RODAJE

- Willy ¿Es verdad que no te dejan filmar más porque quieres hacerlo todo al revés?

Angela había decidido refrescarse la mente un rato y había bajado hasta Los Angeles. Allí tropezó con su antiguo profesor Willy Foreman.

Sentados en la terraza de un café recordaban viejas anécdotas. Angela había oído que desde la muerte de su compinche John Houston, Willy no andaba bien de la cabeza. - Al revés lo hacen los demás- declaró el profesor con

paciencia, como si hubiese explicado el asunto mil veces. – Tú sabes bien cómo es eso, Angie querida, tienes que filmar en cada locación la secuencia que corresponde a cada locación...
¿Correcto?
Angie asintió con un gesto de buena alumna. Hacía años que nadie la llamaba así. - Pues bien, siempre me pareció lo más normal, como a todo el mundo...pero escucha:
El viejo se acercó y bajó la voz hasta convertirla en un susurro. Angela escuchaba atenta: iba a recibir alguno de los famosos secretos de Willy Foreman.
-    Johnny ha muerto... ¿cierto?
Ella bajó los ojos e inclinó un poquito más la cabeza.
-    No puedo hablar de él en voz alta, porque dicen que desde que murió se me ha aflojado una pieza en el proyector. Pero te diré algo: él ya salió de escena y a mí me tienen rodando todavía... ¿comprendes?
Angela balanceó su cabeza.
... no del todo ¿Eh? Pues es muy fácil; escucha: éste puede que sea el último secreto del viejo Will. Todo el misterio está en la maldita secuencia de las locaciones. ¿Por qué?
Señaló con el rabillo del ojo al pulgar y al índice de su mano que parecían darse besitos.
-    Dinero, muñeca, sucio dinero. ¿Para qué salir de una localización y trasladarlo todo si tengo que volver a ella en la próxima secuencia? Mejor rodar allí todas las escenas que corresponden a la localización y luego pasar a la siguiente...así pensaba yo también...como todos. Porque es más barato, sólo por eso.
-    Y más fácil, más rápido- respondió ella.
-    Cierto. Pero te equivocas. Todos se equivocan por una razón muy simple: no piensan en los personajes.
-    ¿Los personajes?
-    Claro, pequeña... ¡Claro! ¿Qué idea de la película puede hacerse el personaje si lo ponen a rodar tres escenas seguidas que están en secuencias distantes del filme? Primero me cargo al Sheriff, luego le doy el beso a la chica y a continuación escapamos juntos en el caballo... ¿correcto?
-    Correcto.
-    Pero si después me llevan al saloon y el Sheriff está vivo de nuevo y la chica ni siquiera me conoce... ¿Te parece lógico?
-    Supongo que no.
-    Claro que no. Por eso todos los actores están locos. Pero al menos los actores saben lo que están haciendo... pero los pobres personajes...hasta que llegue el estreno no entenderán nada.
Angela lo miró atónita.
-    Y así estamos Johnny y yo – concluyo el viejo- Él ha estrenado ya y

está riendo a carcajadas. Pero a mí me falta una sola toma y todavía no he entendido ni jota del argumento... ¿Te parece justo?

15
EL ARTE DE LA CACERÍA

Gabriel observaba cada movimiento desde su puesto de observación en la ambulancia estacionada del otro lado de la calle.

Había esperado toda la mañana, recostado en la camilla y con la pulcra camisa del uniforme blanco desabotonada y la peluca negra colocada en la repisa que sostenía el frasco de suero fisiológico. Leyendo de a ratos la novela que había comprado en el kiosco de periódicos de la esquina y que – al menos hasta ahora- le parecía muy por debajo de su hermoso título:
"El corazón es un cazador solitario"
Los altavoces, a izquierda y derecha de la pared que lo separaba de la cabina, soltaban en chorros invisibles la rítmica voz de Aretha Franklin.

Gabriel aplastó la nariz contra el cristal de la ventanilla – que por fuera era un espejo- como un niño que se asoma a media noche en Navidad con la esperanza de sorprender la llegada del carro con renos de Santa Claus.

Sabía que su próxima jugada sería decisiva. Un paso en falso y su presa huiría velozmente hacia la profundidad del bosque para no retornar jamás.
Un paso acertado y sería suya, suya para siempre.
Con una demora excesiva se iría del pozo fresco donde saciaba su sed.
Recordó una lectura de infancia.
"Encierra a cualquier animal salvaje por varios días sin alimento. Luego tráele pequeñas porciones a espacio regulares y ve acercándote a él gradualmente, con palabras tiernas.
Aumenta la dosis muy poco a poco...ten mucha paciencia.
Cuando quieras acordarte ya te habrás convertido en su amo."

14
NOTICIAS

El cartero interrumpió la profunda explicación de Frank acerca de las razones que lo llevaban a afirmar y – si hiciera falta- hasta apostar cien dólares a que los Mets ganarían la Serie.
Fue pasando uno a uno los sobres como quien baraja naipes mientras comentaba:
-    Facturas...siempre las mismas malditas facturas.
De pronto se detuvo. Soltó las demás y miró el sobre inesperado con el fruncido semblante de quien encuentra una cucaracha en la sopa.
La levantó contra la luz, como hacen los dentistas con las radiografías, y

entonces su rostro se iluminó con el resplandor del sol y una sonrisa de alivio.

- Creo que tiene Ud. noticias – dijo en alta voz dirigiéndose a Angela.

Luego apoyó los dos brazos sobre el mostrador y miró cara a cara a su somnoliento parroquiano: su sonrisa era la del escolar que presume frente a sus compañeritos que es capaz de tutearse con la nueva maestra que a todos tiene enamorados.

Angela se acercó y recogió el sobre.

No sabía que su "Gracias, Frank" cerraba esa escena en la otra película que se rodaba simultáneamente con la suya.

Todo lo que le preocupaba era que su expresión no dejara traslucir la ansiedad que la poseía.

El matasellos era de la misma ciudad.

"20 de septiembre.

Muchas gracias por su colaboración y por su discreción.

Lamento no poder ofrecerle por ahora un canal de respuesta."

13

LA ESPERANZA

¡"Por ahora"!

Esas dos palabras recorrían su ser como un remedio que navega a toda prisa por las venas hacia el corazón. Fue como un hilillo de luz en el sofocante encierro de una mina bloqueada por un derrumbe.

Quería decir "espera". Quería decir "mantente con vida"...y también: "ánimo, falta poco" o "estoy aquí aún, no me he ido".

En un sólo instante pasó de la constatación repentina y agobiante de su propio agotamiento a la no menos intensa sensación de comprender el significado, mágico y terrible a la vez, de la palabra esperanza.

Recordó "Las Grandes Esperanzas" de Dickens. Y pensó que el escritor era un profeta que había registrado, doscientos años atrás, el espíritu de este momento suyo, disfrazando lo que había percibido con el ambiente y los personajes de su época. La droga despertaba dormidas y ocultas hormonas. Algo dentro de ella parecía crecer e inundarla como una marea oscura; tan pronto tibia y placentera como fría y temible. Comenzó a percatarse del latido de cada célula de su cuerpo, ese acompañante dócil y silencioso de su alma que ahora parecía tener voluntad propia, una voluntad tan poderosa e incontrolable que si se desatara del todo la arrastraría a insospechados extremos de emoción.

Era como un incendio. Que sólo cuando avanza y empieza a devorar toda el bosque nos recuerda el inocente y olvidado gesto con el que arrojamos imprudentemente la colilla.

Entró al baño con un fuerte mareo. Cerró con llave y contempló su palidez en el espejo vertical. Con desesperación, sus dedos desataron las dos delgadas tiras que sostenían el vestido a sus hombros.

Cuando cayó alrededor de sus tobillos como un charco irregular. Angela escuchó la voz de la niña y supo que aquel era un gesto que no repetía desde sus doce años.

Observó sus muslos, su vientre, sus pechos, su cuello, y en un torrente confuso vio pasar ante sus ojos un paisaje que había dejado correr sin prestarle atención desde un asiento de tren y que ahora cobraba sentido.

Como una palabra extranjera que se ha oído cien veces pero que sólo revela su sentido cuando aparece en un letrero junto a la imagen de lo que representa. ...miradas, palabras en voz baja, gestos equívocos, cartas arrojadas en su papelera de la residencia de estudiantes.

Nombres: Horacio Luna; Demet; Thompson... Pero también cientos de otros. Camareros, chóferes, pasajeros de avión, desconocidos peatones que se daban vuelta a su paso.

Y luego, después de la interminable cinta del paisaje, el anuncio con el nombre de la ciudad donde el tren se detendría finalmente. El rostro serio y el pelo rubio muy corto...los labios finos y los dedos largos y delgados, pulcros como los de un médico.

Los golpes en la puerta la regresaron al presente.

-    ¿Se siente bien, Señorita? – Era la voz ruda y gorda de Bob.

-    Sólo está enamorada- sentenció la camarera desde su rincón, si apartar la vista del pincelito con que se retocaba las uñas.

12
UN ANUNCIO

Gabriel se mordió la uña del meñique. Su posición era inmejorable –pensó– pero ¿cómo saber qué música tocaba ella si él mismo se había encerrado en la cabina del estudio con todas las entradas cerradas? Abrirlos. Sí, ya lo sé. Pero ¿Quién le pone el cascabel al gato?

Su dedo meñique parecía ya un delgadísimo astronauta con la ventanilla de su casco en franca desproporción con su altura.

"¿Y por qué no?". Había tenido una idea. "Es un recurso de mala literatura, pero también lo es el refrán que otorga al amor la misma ausencia de pruritos que a la guerra".

Cogió el bolígrafo y escribió unas palabras sobre la pequeña hoja. Luego la metió en el sobre y la cerró.

"22 de septiembre"
"Por favor confirmemos coordenadas de Hora Cero
"Utilice avisos personales del Sacramento Herald "Titule: Dama   de corazones a Bateleur".

11
COSMOS
-     Tío, ¿es verdad lo que dijo el señor?
-¿Qué cosa?
-Que las estrellas están de adorno.

Gabriel había aprovechado la tregua del par de días festivos durante los cuales el negocio de Bob permanecería cerrado, para viajar a San Francisco a ver a su sobrina Melissa, de nueve años. Era la única integrante del sexo opuesto con quien había podido entenderse hasta ahora. Salían de una sesión en el planetarium.

-Creo que lo que dijo el señor es que la palabra "Cosmos", en griego, significa adorno ¿No?
-     ¡Bueno! ¿Cuál es la diferencia?
-     Que los griegos lo llamaran "adorno" no quiere decir que pensemos que es sólo un adorno.
-     Y si no es un adorno, ¿qué es?
-     No te entiendo.

Melissa lo miró como una madre a su hijo, pescado en un conato de travesura.

-     Claro que entiendes… te estoy haciendo una pregunta directa. ¿Para qué sirve el cosmos, o como se llame; o sea, las estrellas, los planetas…?

Gabriel caminó un trecho por el parque dedicado exclusivamente a devorar su pop corn. Cuando halló una buena sombra bajo un tranquilo árbol se detuvo, se sentó y se propuso intentar una respuesta.

Melissa no lo perdía de vista. "Si uno no los vigila, se escurren", parecía decirse con toda la conciencia de la superioridad que su corta edad le confería sobre el adulto.

Gabriel tragó la última palomita de maíz y dijo:

-Vamos a ver… Tú dices que tiene que servir para algo, ¿eh?
-Evidente. –Melissa había estado leyendo a Sherlock Holmes y le encantaba su estilo de respuesta-. Si no había utilizado "elemental", eras porque su origen hubiera resultado para Gabriel, que le había regalado el libro, demasiado…evidente.

-Todo tiene una utilidad, -completó-, y sus gráciles bracitos hicieron un gesto que parecía abarcar la creación entera.

-Supongo que sí…Aunque hay muchas cosas cuya utilidad no conozco, por ejemplo…

Gabriel había pensado automáticamente en las mujeres. Pero comprendió que estaría completamente fuera de lugar mencionarlo.

-¿Por ejemplo? –Melisa era ahora la maestra impaciente que espera una respuesta muy sencilla de un alumno algo holgazán.
-Bueno….-Gabriel levantó la vista como buscando un tema para un juego de adivinanzas.- ¡Las nubes! ¿Para qué sirve una nube?

La niña miró a su tío sin ocultar su decepción. Sherlock Holmes nunca habría mirado a Watson con un desprecio tan franco. Para su tranquilidad, Gabriel rectificó inmediatamente.

-Sí, reconozco que es un mal ejemplo. Las nubes sirven para regar las plantitas ¿no?
-¿Te parece poco?

Gabriel intentó descubrir la profundidad de su propio argumento. Entonces su mente pareció iluminarse al fin.

-Y el sol – dijo jugando él ahora al profesor- sirve para calentar el mar para que se produzcan las nubes. Y como el cosmos está hecho de soles, ya tienes la respuesta.

Lo que en realidad parecía –pensó Melissa- era el mismo alumno holgazán que (más vale tarde que nunca) había encontrado la respuesta espiando en el libro en una distracción de la maestra. Sólo que había leído la respuesta a otra pregunta.

Pero los buenos profesores sacan provecho hasta de las trampas de sus discípulos. Miró a su tío con todo el cariño que le tenía y esperó que éste completara la explicación.

... Bien...- Continuó él- como el sistema solar es muy joven (apenas unos cuantos cientos de millones de años) se está... cómo diríamos...formando como un niño. Y primero tiene que terminar de formarse una parte para luego formarse otra, ¿me explico? Es como un bebé en la barriga de su mamá, ¿ves?

Melissa lo observaba atónita.

-Así que cuando todos los sistemas solares hayan llegado a cierto...grado de evolución, comenzará a formarse la vida en otros planetas de otros soles...en las estrellas, quiero decir, ¿ok?

Su sobrina se le tiró al cuello y lo cubrió de besos. Siempre había dicho que su tío no podía ser un alumno tan tonto como parecía. "Hay que tomar en cuenta la edad", pensó.

10
LA CITA
Gabriel se atragantó con el pedazo de pizza cuando descubrió el anuncio entre cientos de otros mensajes en la hoja del periódico que tenía abierto ante él sobre la mesa de un fast food de las afueras. Barrió las migas y leyó:

> "Reina de corazones a Bateleur
> "Dudas. Sugiero encuentro inmediato"
> Angie

Pasó el trozo con un largo trago de gaseosa. Dobló el periódico, encendió el cigarrillo y se quedó un rato mirando a la gente que hacía la cola frente al mostrador. Era mediodía.

¿Y ahora? Sintió de pronto que estaba peligrosamente cerca de perder el hilo del juego. "Demasiado cálculo", se dijo. "Esto empieza a parecerse más a una novela de ciencia ficción que a una historia de amor".

Como hacía siempre en esos casos, se miró las manos e intentó formular sus confusos sentimientos en el lenguaje que mejor dominaba.

"No se puede interpretar, componer y dirigir la orquesta al mismo tiempo", concluyó.

Entonces tuvo otra idea.

9
MÚSICA
La negra y redonda cara de Jim Washington lo miró desde la mesa del rincón. Sus ojos se hincharon como los de una res que siente sobre su anca la mordedura hirviente de la marca.

El cuerpo de la mulata que jugueteaba con los nudillos de la mano del negro cambió su posición en la silla para poder apreciar con comodidad el aspecto de la aparición. -¡Por Cristo resucitado!- vociferó Jim con la dulce y sincopada cadencia de su aristocrático inglés de Harlem- ¡Dime que no has venido por mi alma! ¿Qué? ¿No hay ya bastantes negros en el purgatorio?

Gabriel mezcló en su expresión un poco de Bela Lugosi en Drácula con algo de Humphrey Bogart en el Halcón Maltés, e imitando el contoneo gracioso de un bailarín de break dance se acercó mientras decía:

-Nos falta un buen saxo para las misas de difuntos.
Los dos hombres se abrazaron mientras la mulata aprovechaba para empolvarse un poco la nariz.

Al poco rato, Gabriel, sentado al piano, cambiaba las primeras frases musicales con el noble y viejo teclado, que todavía recordaba historias de los tiempos en que Oscar Peterson lo había tenido sobre sus rodillas.

Jim Washington desenfundó un dorado saxo tenor y sopló un aire con el que John Coltrane había tenido, una vez, un intenso amorío.

Los dedos ágiles de Gabriel recorrieron filigranas de dulces colores con el desparpajo atrevido pero lleno de ternura que había ganado para su dueño el apodo de
"Bateleur", el Mago del tarot; concedido una noche en New Orleans por la papisa de las cantantes de blues.

Tom Morrison, que llegaba por una vez temprano a su trabajo, y sobrio además, contempló la escena con su alargada y sombría estampa, sosteniendo el pesado estuche de su contrabajo. Se dirigió al barman, que escuchaba embobado con los codos sobre el mostrador, y dijo:

-Digan lo que digan, el buen oro no se oxida.

Y se acercó como una sombra para completar el trío.

Como le sucedía a Ángela con Stendhal, cuando el tren de las melodías de Gabriel arrancaba y comenzaba a correr entre las colinas sobre sus brillantes rieles, éste podía levantarse de su asiento y caminar por los bamboleantes vagones para estirar las piernas o ubicar a la pasajera encantadora que había perdido de vista en el andén... O perseguir un sueño.

Y cuando hacía esto, el tren silbaba y parecía correr más rápido, de puro contento.

Entonces el paisaje se iluminaba y los pasajeros veían los árboles y los caseríos que pasaban corriendo frente a los inmóviles vagones y dejaban caer una sonrisa, una palabra o un color como las flores que se hacen llover sobre los recién casados.

Y el tiempo era un juguete de los niños que con la nariz aplastada contra las ventanillas contaban los postes que no se cansaban de pasar, igual que tiesos soldaditos que se vuelven estatuas cuando el sargento los mira. O como caballitos de carrusel que fingen ser los mismos en cada vuelta.

Y el espacio era un lugar para fumar una pipa, o escribir una carta o leer una novelita comprada en la estación.

Y escuchar los cuentos del pasajero sentado en el asiento trasero, sobre personas que vivían en un mundo fantástico, donde los lugares conservaban siempre la misma forma y el mismo nombre: París, Roma, Estambul…

Como si fueran completamente ajenos al paso de los trenes.

Porque hay dos mundos. Uno que pasa y otro que se queda. Y un lugar secreto donde se encuentran, que sólo conocen los enamorados.

Los aplausos parecían una lluvia tropical. El lugar estaba ahora lleno de gente y de humo. Sin que nadie supiera cómo, se había corrido la voz en el barrio de que el trío que años atrás alguien había bautizado "Oro incienso y mirra" y que los habituales del bar llamaban más familiarmente "Los tres reyes magos", se había vuelto a juntar.

Gabriel salió de su ensueño cuando la linda sonrisa de la mulata de Jim hizo tintinear frente a él el vaso de gaseosa con hielo, la legendaria bebida de Gabriel. El reflector sacaba destellos dorados de los cubos de hielo sumergidos en el líquido. El pianista vació de un trago el contenido y pareció recordar algo importante.

Recorrió la escala de Re mayor y se levantó de la banqueta para alcanzar el micrófono del vocalista.
-Esta es una muy vieja -dijo- de nuestro recordado colega J.S. Bach, alias "el alemán"; un blues titulado "Angie".

Y se zambulló en un solo con los doce primeros compases de una pieza del Clave Bien Temperado.

Cuando le entregó la melodía al saxo con un gesto en la cabeza que decía: "Ahí lo tiene, haz lo que puedas", su mirada se cruzó por primera vez con la mujer que lo miraba con los ojos llenos de las primeras lágrimas auténticas de su vida.

Era Ángela Lynn.

La fortuna sonreía por segunda vez…Pero ahora él estaba despierto. "Valió la pena esperar", fue todo lo que acertó a pensar, pasado el susto inicial.

Luego sintió el frío del hielo en su estómago y recordó que no había comido nada desde el día anterior, y que en el avión tampoco había dormido, y muchas otras cosas juntas, entre ellas la cara de un viejo médico que arrugaba el ceño con un análisis de sangre en la mano.

Y se desplomó estrepitosamente.

8.
LA BANDA
-¿Dónde estoy? –Las paredes blancas le recordaban a su cuarto en el internado. -El viejo presente. ¿Recuerdas?, - la ronca voz de Jim venía de algún lugar fuera de su campo visual, que sólo abarcaba el cielo raso y sus aledaños-. Parece que no te daban de comer en el purgatorio, ¿eh?

Gabriel recordó todo en un instante.

-¿Y…ella?

Comprobó que bastaba mover un poco el suelo para que el negro entrara en el cuadro.

-¡Ah! ¿La conoces? Pensé que era un agente de impuestos controlando tus entradas ilegales. Aunque yo, con ese cuerpo, hubiera encontrado un mejor empleo. Dime, blanquito, ¿qué te ven las chicas?

Ahora Jim examinaba la pálida y demacrada cara de Gabriel con ojos atentos, diciéndose que el ideal de belleza del hombre blanco era tan absurdo como todas sus otras invenciones.

-¿Qué le dijiste?
-No me mires a mí. Me conoces. Soy una tumba. Pero, ya sabes, allí estaban todos los viejos amigos, y cada uno quería presumir de conocerte mejor que tu madre. Cualquiera un poco inteligente hubiera averiguado lo que le diera la gana, y la chica no parece tonta; y eso que es rubia natural.
-¿Se fue?
-No creo que se haya quedado a dormir en una silla, por mucho que se interese en ti. Además, no parece que le falte pasta…En serio Gabriel: eres flaco, pobre y blanco… ¿Qué les das a las mujeres? ¿Moscas?
-Ojalá supiera qué darle a ésta.
-Yo no me preocuparía mucho. Si no es del FBI, creo que lo arreglará con una cena y un cuento más fácil de creer. ¿Qué le dijiste? ¿Qué eras la reencarnación de Duke Ellington? ¿O acaso la dejaste esperando en el altar? Siempre he querido decirte que las cosas tienen un límite. Eres un buen amigo y un buen pianista; de los mejores, y no me gusta oír por ahí que siempre estás metido en un lío, y que eres esto y aquello…
-¿Crees que volverá?
-¡Bah! Mi padre decía: "Si es tuya vuelve, Jim. Y si no, hay millones más. Toda mercancía tiene su clientela".

Gabe callaba. Jim se dijo que a los enfermos hay que animarlos.
- Hablando de clientela, Gabe. Shapiro me mandó a decirte que ya que estás en San Francisco, podríamos hablar de un contrato. Para mí que lo de anoche lo impresionó; hacía tiempo que el negocio no se llenaba. Hasta habló de traer un par de amigos de las disqueras. Por ahí dicen que lo bueno se va a poner de moda. Yo no lo creo, pero me digo: que ellos se lo crean es lo que importa, lo demás viene sólo. Así es como ha sucedido siempre, ¿no?

Gabriel no respondía. Miraba un punto en la pared como si esperara que, por la sola fuerza de su mente, se abriría un boquete en aquel lugar y empezarían a brotar sardinas.

-¡Vamos muchacho! Recuerda la canción: "Si ella no se va, el blues no suena". ¿Qué dices del contrato?

Y simuló estar leyendo en una gran marquesina iluminada:

- "Oro incienso y mirra en concierto. Única presentación en Frisco."

Luego calló, pensativo. Nunca había sabido si él era el incienso o la mirra.

-¿Cómo es la mirra, Gabe?
-Parecida a la mirra, casi idéntica, pero habla más que un político jubilado. Anda, alcánzame los pantalones y vamos a tocar, que es lo único que sabemos hacer.

7
LUCES, CÁMARA...
Ángela pensó que si ella lo había esperado como una tonta una larga semana, él bien podía esperar dos. Y se encerró en su apartamento de Gramercy Park a ver televisión y comer patatas fritas.

A todas éstas, el proyecto continuaba viento en popa hacia la hora cero, para la que faltaban pocos días. Sin que nadie se atreviese a preguntar qué pasaría exactamente cuando ésta llegase.

- ¿Para qué tenemos un Presidente? Y un capitán -Decía Demet aludiendo a Colony, al que nadie llamaba de otra manera que "Almirante", haciendo referencia a Colón. El viejo había regresado a la isla y se ocupaba de los "preparativos", transmitiendo de vez en cuando lacónicos mensajes por e-mail que Demet distribuía a los equipos respectivos.

Luna, Ozoki y Quintero, con un séquito de ingenieros, casi todos japoneses, se trasladaron al monasterio para dirigir la instalación de los cristales en el islote.
Los turistas observaron estupefactos las maniobras de los helicópteros y las barcazas y vieron subir y bajar por la carretera los jeeps conducidos por hombres de uniforme que recordaban escenas de "La guerra de las galaxias" y que transportaban cajas sobre las que había que letreros en varios idiomas que rezaban:

"Material científico. No tocar"

Richards no había encontrado otra idea, después de mucho darle vuelta a la cabeza, que la primera que había tenido cuando Colony le expuso lo que necesitaba.

Por eso, y primero que nada, habían llegado los camiones verdes que ostentaban el emblema de "Peace Films Inc.", productora canadiense cuyas acciones de bolsa había encontrado el corredor de Murch en un archivo de olvidadas bicocas que dormían en espera de tiempos mejores.

A falta de personal técnico, Demet, a solicitud de Richards, (y aprovechando la breve estancia de "Isabel la Católica" -pseudónimo también definitivo-, en el campamento) había obtenido de ella una tarjeta de visita doblada y amarilla y había contratado de urgencia a un grupo de veteranos ociosos que recibían órdenes de un viejo de mirada socarrona a quien llamaban "Director" con exagerado respeto, no se sabía si por sus méritos o por miedo a sus arranques.

Y era él, un tal Will Foreman, quien impartía instrucciones con un altavoz desde una silla plegable enterrada en la arena de la playa, rodeado de chiquillos que le hacían preguntas.

-Acepté porque es una película de una sola localización-, decía entre uno y otro grito. -Y un reparto compuesto íntegramente por extras, aclaraba el director de fotografía desde el "travelling" que Richards había alquilado en una empresa de embargos en la ciudad más cercana.

Se construyó una estructura parecida a una torre petrolera en el altiplano del islote mayor y encima se colocó una enorme piedra transparente que todos llamaban "el cristal", porque los niños habían explicado a los adultos que querían oírles que en las películas del futuro siempre hay un cristal que, atravesado por un rayo láser, permite la entrada de las naves en el hiperespacio.

Luego se cubrió la torreta con una enorme lona gris, como una escultura que no ha sido todavía inaugurada, y todos comprendieron que sería develada cuando llegara la "hora cero", que era el título escrito en tiza en las claquetas de rodaje.

Cuando se comprobó que los rumores de que George Clooney y Madonna – la lista era casi interminable- no se presentarían, porque el rodaje había comenzado ya y en ningún hotel de las cercanías había reservaciones a dichos nombres, -aparte de que los pocos periodistas que se habían atrevido a cruzar el inextricable enredo de autos, camiones, vendedores ambulantes y trípodes- eran de diarios locales – la gente comenzó a desentenderse y a comentar que era sin duda una coproducción hispano canadiense como tantas y que en pocas semanas podrían verla con comodidad sentados en sus casas frente al televisor.

Sólo fueron quedando algunas jovencitas rezagadas que reían en pequeños grupos cuando los hombres de Pollack les lanzaban besitos soplando sobre la palma de sus manos.

Pero hubo muchos comerciantes y propietarios del lugar que se creyeron en derecho de presentar sus protestas al alcalde, por haber estropeado de aquella manera el verano sin siquiera informarles.

Sólo que el alcalde estaba disfrutando de unas merecidas vacaciones en Río de Janeiro.

6
PAPELES
Quién brillaba por su ausencia, era Murch.
Cuando colgó el teléfono por el que Gabriel le anunciaba que viajaría a New York siguiendo una pista, recordó la llamada de una hora antes en la que Ángela le informaba que pasaría por la ciudad para tomarse un descanso antes de que se iniciara la última fase, pero que no lo visitaría porque estaría atareada. Se dijo que él sabía qué clase de "pista" y de "descanso" eran aquellos y sonrió satisfecho.

Llamó a Demet y le dijo que quedaba a cargo y que no se verían por algún tiempo.
Enseguida hizo que ubicaran a su abogado y le ordenaran venir inmediatamente.

Cuando llegó, ya Murch tenía ya un buen rato en pijama. Se puso una bata ligera y salió para atenderlo en la biblioteca.

-Saca tus instrumentos -dijo-. He decidido morirme y quiero hacer testamento.

El abogado pasó por alto el augurio fúnebre y retuvo solamente la idea de la cifra a que podían ascender sus honorarios.

Sacó un dictáfono de baterías, oprimió "Play" y comenzó con su voz nasal y entrecortada:

-Yo, Aloysius Murch, en pleno uso de mis facultades, etc., etc., dispongo, dos puntos…

5
ALTAS ESFERAS

-¿En qué juego andas metido, Al?

La voz del ministro a través de la línea telefónica no se parecía en nada a la que usaba en las partidas de póker a las que Murch asistía por tedio más que por otra cosa, ya que perdía invariablemente. En esas ocasiones, Peter era cortés y hasta simpático.
-Dime antes de que abra el informe que me han enviado los muchachos.

Al comprendió que no se refería precisamente a los compañeros de juego.
-¿De qué hablas, Pete?
Era su tono más neutro.
-     Esto no es juego, Al... -era una advertencia seca-.
-     Espero que no lo sea, no es el día ni la hora...

Era un poco más de las dos de la mañana.

-     En las presentes circunstancias, casi preferiría que lo fuera, Al.

El "casi" estaba de sobra, pensó Murch.
-¿Y cuáles son esas circunstancias, Pete?

Esto era menos neutro. Indicaba preocupación. Tal vez no la suficiente.

-     No abuses de mi paciencia, Al...
Segunda advertencia, contó Murch. La tercera será ya amenaza.
Siguió escuchando.

-¿Por quién me tomas? ¿Crees que te llamaría a estas horas si no tuviera información?
Murch se preguntó cuántas veces habría leído el informe que él aún no había abierto.
-Si sigues hablándome con acertijos, prefiero consultar al I Ching.
"Neutro y despreocupado. Buena táctica." pensó.

-¡Qué acertijos ni qué demonios! Te estoy hablando del fulano "Proyecto-no-sé-qué".
Sabes muy bien de qué hablo.

Murch se felicitó por haber evitado adrede todo título.
-Tengo cientos de proyectos, Bob. ¡Proyecto-no-sé-qué...! ¿Ese es el lenguaje técnico que utilizan ahora los "muchachos"? Demasiado fuerte.

Del otro lado de la línea parecía oírse el tic-tac de una bomba de tiempo. Pero era en realidad la respiración entrecortada del ministro.
-¡Al diablo con el nombre del restaurante! ¿Quieres que te lea el menú? ¿Qué te parece como entrada el soborno de un ministro en un país de la región? Sin que hablemos de alcaldes, fraires y no sé cuántas otras cosas, ¿hablo claro ahora? -Sí y no. Murch hizo una larga pausa para encender un cigarrillo-. Sí porque ahora creo saber por fin a qué proyecto te refieres...- otra pausa para buscar el cenicero-. Y no, porque creo que te dan gato por liebre en ese restaurante tuyo. Mira que llamar soborno a unas simples donaciones de simpatía con motivo de... Bueno, ya no me acuerdo del motivo, pero es algún aniversario importante. Le preguntaré a Demet si quieres.
- No me meto en tu trabajo, Pete. Tú eres el ministro y yo el empresario, ¿recuerdas? Sé que es tarde y que has trabajado todo el día, pero ¡Despierta! ¡Es una colonia de niños huérfanos dirigida por un venerable sacerdote! ... o hermano...no sé bien cómo los llaman.
- No tan venerable. En Roma no dicen nada de él. Conversé con un cardenal, no recuerdo su nombre, Spaghetti o algo así. Actúa por su cuenta y anda con una mujer de Hollywood, y no sé qué más...
-Yo te lo diré, Pete. – Esta vez el tono era seco y serio.- Anda con mi sobrina, que podría estar provocando escándalos con los más sobrios de tus políticos y que en cambio está entregando su juventud por esos niños abandonados... Y no me digas que te has vuelto más papista que el Papa ¡Vamos!
"Por su cuenta" no es ninguna acusación. Tú también actúas por tu cuenta.
-No exageres, Al. A la chica le gusta el jazz y el jaleo...tiene unos amiguitos en San Francisco. "Los reyes magos" o algo así.
-¿Sí? Y Santa Claus... ¿No aparece también en el informe? Espero que haya llegado a los postres, Bob, porque la comida es pesada y si no me das un café, me quedo dormido.
Hubo un largo silencio.
-Espero que me estés diciendo la verdad, Al. Quiero creerte porque eres buen amigo y... y sé que no eres bueno para mentir. Pero la próxima vez, avísame. ¿Qué cuesta una llamada?
-Veinticinco centavos. Más de lo que vale el informe de tus muchachos.

Pero sí, te garantizo que en la próxima película los recomendaré como asistentes del libretista.

-Sabes a qué me refiero…

-Sí, ya sé. El próximo miércoles. ¿No?

-No hay manera de hablar en serio contigo.

-Pero pago mis fichas, ¿No?

-Claro que sí, muchacho. Vete a dormir y discúlpame. Tengo demasiadas cosas en la cabeza.

-Y muchos tontos a tu servicio.

-Tal vez, tal vez. Hablaremos de eso el miércoles.

-Buenas noches.

-Adiós.

Murch respiró. "desafortunado en el juego, feliz en el amor", sentenció para sí.

4

STAR TREK

-¿Lo dices en serio?-

Art miraba a Angela como si estuviera hablando con su sobrina acerca del último capítulo de la saga de Star Trek. Su sobrina era aficionada a la historia y tomaba todo al pie de la letra.

Angela fijó en él la mirada más severa de que era capaz. Pero enseguida se enterneció. Haberlo sometido a aquella espera y "raptarlo" sin previo aviso ni tiempo de siquiera hacer una maleta había sido bastante fuerte. Merecía clemencia ahora.

Iba a responderle cuando sonó su teléfono móvil.

-…Sí, muy bien. ¿Todos están allí? Perfecto... ¿Y qué se sabe del presidente?...Nada ¿eh?... Me alegra eso, dale saludos a Willy entonces… Sí, de eso me ocupo yo… Sí, voy en camino… Bien… Saludos a todos, especialmente a Marisa. Sí, ok. Adiós Frank.

Después del "clic", retomó la idea que la llamada había interrumpido. Intentó retomar también el gesto adusto, pero ya era muy tarde.

- Claro que hablo en serio- dijo - Demet me acaba de confirmar que ya todos han llegado a la isla. En Machurupuy han quedado sólo Pollack y los suyos, con todo arreglado para apretar el botón.

Estaban sentados en uno de los jets privados de la Fundación Murch, esperando que la torre de control diera instrucciones de despegue al capitán.

- Entonces la "hora cero" es sólo una prueba. Yo creía que era el inicio del Apocalipsis. –Gabriel se preguntó por qué las afeitadoras de las mujeres no servían para rasurarse.

-Es el primer "viaje" tripulado. Un mono, un perro y una vaca. Además de equipo de medición, claro está.

-Y la vaca, ¿por qué?

-Sugerencia de la astróloga. ¿Sabías que los animales tienen signo?

-¡Oh! –se limitó a soltar Gabriel. Él mismo no sabía si por su asombro o porque había sentido la vibración que anunciaba que las turbinas estaban arrancando.

Mientras despegaban, él terminó de contar los detalles de la conspiración.

-Y el viejo dijo: - Ponía los brazos en jarras en inflaba las mejillas, igual que el padrino de Brando- "¡Tienes tres ases, muchacho!".

-Así que yo era el jackpot...la apuesta, ¿eh?

Ambos se desternillaban de la risa sosteniéndose uno en el otro para no caerse y secándose las lágrimas con besos.

3

UTOPÍA

Matthew Robinson admiraba las pecas de la espalda de Marisa con interés puramente estético mientras se preguntaba si las figuras que formaban serían la de alguna constelación celeste.

Ambos tomaban el sol sobre la fina arena blanca de la playa occidental de la isla. Al parecer, eran los únicos que habían concluido su trabajo.

-¿Cómo se recompone el mundo en el "otro mundo"?-, preguntó ella, que seguía con la mirada la lenta evolución de un cúmulo-nimbo que flotaba sobre el horizonte. Mathew tardó un buen rato en cambiar sus reflexiones anatómicas por las más abstractas que exigía la pregunta.

-Nos llevamos un catálogo bastante completo, y las muestras más útiles: la aspirina, la imprenta, la tecnología audiovisual y algunas cosas más.

-Y qué hay de la industria.

-     El don de la materialización reduce su necesidad en un 90%.

-¿Tanto así?

-Tanto así. Hace un rato, los niños materializaron delante de Hoffman y los suyos – que aún se resisten a creerlo- un litro de agua perfectamente pura y potable.

-Creía que hasta ahora sólo se trataba de imágenes.

-Sí. Cuando no existen en los alrededores los elementos correspondientes. Pero cuando eso es así, los "ladrillos" encajan en su lugar y la imagen se hace corpórea y perfectamente estable. Como pasar de los planos al edificio construido. Para eso las maquetas de Bruno Thompson, sólo que no se necesitan albañiles; podemos levantar una catedral en minutos la Torre Eiffel en un poco más de tiempo, por la instalación eléctrica, la plomería y esos detalles.

- Pero se necesitaría que los niños fueran ingenieros, plomeros y todo eso, ¿no?

-Tanto como una semilla necesita haber estudiado botánica para producir eucalipto. Todo se reduce a "replicar" la estructura cromosomática y desarrollar el proceso en cámara rápida.

-Pero un edificio no tiene estructura cromosomática... ¿O sí?

-No sé de qué otra manera llamaríamos a los planos. Salvo que hasta ahora las "células" actuantes han sido obreros algo ineficaces por la paga, los sindicatos, etc., etc.

-Es como reemplazar el trabajo manual por la maquinaria, sólo que a un nivel aún superior, ¿no?

-Exacto.

El cúmulo-nimbo había terminado por desmadejarse contra el fuerte viento de las alturas, igual que un algodón de azúcar frente a un ventilador.

Marisa recordó, por otra parte, que la capa de bronceador debía haberse consumido ya bajo el ardiente sol.

-¿Qué tal un refresco?, -preguntó mientras sacudía la arena de sus piernas.

-A mí me vendría bien una limonada.

-A por ellos entonces —sonrió Marisa.

Y se internaron entre los cocoteros como el par de fraternales y abstractos acuarianos que eran.

2
ENERGÍA Y MATERIA

-Hay algo que aun no entiendo —dijo Marisa, ya sentada a la sombra delante de un vaso largo de agua de coco con hielo-. Esa estructura molecular, ese diseño o como quiera llamársele, no está indicado en los planos de un arquitecto, ni en los de un ingeniero, ni se deduce de fotos o videos, ¿me equivoco?

-Es verdad. Hace falta la presencia de los cinco sentidos para que el diseño se "defina" en la intuición del materializador, o replicador. Y no todo es tan sencillo de definir como H2O, que es la prueba más elemental. Pero allí es

donde recurrimos al arma de eficacia absoluta: el lenguaje.
-¿Quieres decir palabras?

Mathew asintió meneando su limonada.

-Pero en el caso de la catedral; decir "piedra de sillería" no sirve de nada para quien nunca ha visto la sustancia, ¿verdad?
-Esas palabras contienen muchas más cosas de las que imaginamos. Pero hay otros lenguajes de apoyo, si hiciera falta.

Marisa había cambiado su nube por la cruz que sobresalía por encima de la rocosa ladera de lo que, se imaginó, era un cráter volcánico apagado hacía milenios.

-¿Como cuáles?
-El más a la mano es la música. Si todo tiene su "logos" y su número, todo tiene también su melodía. De hecho es la música la que más fácilmente capta el diseño interior de las cosas. Tal vez por eso Beethoven decía que la música nunca era descriptiva, si era buena. Aunque habría que ver qué produciría una replicación de la Pastoral, y no hablo precisamente de Walt Disney y "Fantasía", si entiendes lo que quiero decir.
-    Creo que sí.

Mathew sorbió lo que quedaba de su trago mientras se decía que esa frase de Marisa era lo más cercano a un asentimiento enfático que nadie nunca podría sacarle.

En eso hizo aparición Frank Demet. Venía agitado y acalorado. Se sirvió algo y lo bebió de un trago. Le dio un beso a Marisa y un guiño a Mathew y se dispuso a reanudar su carrera.

-    Los últimos momentos siempre son así –se excusó; eufórico y orgulloso.

Parecía un director de escena a pocos minutos de la subida del telón, el día del estreno. La desaparición de Murch era el mejor regalo que había recibido en su vida. - Róbale un minuto al tiempo –dijo Marisa sin mover más que los músculos estrictamente indispensables para emitir el sonido. Estaba tan tranquila que parecía bajo los efectos de un poderoso sedante- "Tempus fugit", pero es inútil correr tras él, ¿no?

Con la última palabra se había dignado ofrecerle una sonrisa ultraterrena.

Demet se relajó. Esa mujer tenía algo que resonaba en alguna parte de él y disipaba como por arte de magia su ansiedad natural... o artificial, o lo que fuera.

Se sirvió otro vaso de zumo de coco y dirigió la mirada donde ella la había depositado hacía rato, como una sólida ancla.

La gruta de la capilla era el mayor hervidero.

Japoneses que entraban con sus equipos. Luna que movía los brazos. Quinteiro con su densitómetro colgado al cuello…

Y los niños divirtiéndose como si presenciaran por primera vez al personal del circo levantando la carpa.

Faltaban sólo los elefantes. Pero no lejos de allí, como respondiendo a sus reflexiones, Irma, la vaca, mugió sonoramente.

-Es escalofriante –dijo Matt.

Frank lo miró. Era la palabra que le faltaba para completar el crucigrama.

-Por cierto –surgió Marisa del abismo- No sabía que hubiese músicos a bordo, Frank.

Era decirle al director de un musical de Broadway que la orquesta no había llegado y que ya todas las butacas estaban vendidas.
La sangre huyó de su rostro y sólo acertó a tartamudear:
- Ángela…ella me dijo…
La aludida entraba en escena en ese preciso instante.
-¿Qué fue lo que te dije, Frank?
Tras ella, hicieron su aparición los "tres reyes magos". De la mano del viejo Jim venía una nueva invitada: Melissa Gabriel.

1.
MUY CERCA DE MEDIANOCHE
Cero menos cinco minutos.
En Machurupuy, todo en calma y sin novedad.

El monstruo dormido del islote roncaba en silencio. Desde su centro de operaciones Pollack repetía instrucciones y pedía confirmación de datos sólo por mantener activo al equipo.

Temperatura: normal, dentro de los márgenes previstos.
Presión: Ídem
Y así una interminable lista de rubros cuyas lecturas arrojaban invariablemente:
"Normal, ok".

Pollack, más como pasatiempo que como otra cosa, revisó su cuadro de "variables inesperadas probables" y luego otro de improbables.

Aviones en avería a baja altura: Negativo.
Confirmación del radar: Negativo.
Temblores, sismos: Negativo.
Confirmación del sismógrafo: Negativo.

En la pantalla discurrieron verticalmente todos los encabezados verdes, sin que se registrara en la fila de la derecha ninguna respuesta roja titilante. Pollack se dijo que aquello era demasiado normal para su gusto.

En la isla, ya todos estaban dentro de la capilla. La mayor parte esperaba, haciendo comentarios en susurros.

Frank Demet controlaba la entrada, con un registro en la mano repleto de tildes ya revisadas y vueltos a revisar. "Ya lo más urgente es esperar", se dijo.

En eso, un sonido repetitivo, como de máquina, surgió de alguna parte y fue creciendo.

Al principio, nadie lo notó.

Luego algunos giraron sus miradas hacia los transformadores que alimentaban las masas de control. Después, varios comenzaron a mirar al techo, y al poco rato todos los imitaron. La pantalla de **** se fue llenando de letras rojas intermitentes. Se propagaron a la velocidad de la luz a todos los monitores, y en Machurupuy, la pantalla de Pollack parpadeó y compuso la frase: "Emergencia, alteración imprevista".

Frank salió afuera y corrió a unos veinte pasos de la entrada.

El sonido era ahora ensordecedor. Una oscura sombra cubría un sector del cielo y se ampliaba, devorando estrellas.

El tumulto se arremolinó en la puerta, sin atreverse a salir. Miraban a Frank y él a ellos. El silencio de todos era apenas quebrado por susurros incomprensibles que eran siempre preguntas sin respuesta.

Entonces surgió un ¡Oh! , de la masa entera de los que alcanzaban a ver lo que sucedía en el exterior. Los demás se alzaron sobre las puntas de los pies. Frank Demet retuvo la respiración, helado, preparado para cualquier cosa.

Una deslumbrante fuente de luz proveniente de las alturas formó sobre él un blanco círculo, al tiempo que una helada ráfaga de aire despeinaba sus cabellos y ponía la piel de gallina de los rostros que se apiñaban a la puerta de la capilla, como un congelado beso de ultratumba.

El círculo de luz se hizo mayor, y la brisa se tornó un fuerte viento. El ruido hizo que Frank se llevara las manos a los oídos y cayera de rodillas. Pero a pesar de esta precaución, tanto él como todos los demás oyeron el estruendo de la voz que venía del cielo.
-Si no te mueves, Frank, tendremos que aterrizar encima de ti.
Era la voz de Aloysius Murch, desde su helicóptero.

La imagen del aparato evolucionaba en las pantallas de los radares gráficos y los japoneses observaban impasibles el descenso.

0000000000000000000

Cero menos sesenta segundos.
Ya han pasado el susto, las risas, las protestas y los chistes de Murch. "No pensaban que me iba a perder esto, ¿verdad?".

Ahora todos están adentro. Rígidos, expectantes. Observando el reloj digital colocado en un lugar alto, con sus grandes números verdes moviéndose y cambiando.

Donde antes se alzaba el altar, bajo la gran escultura suspendida en algo que se parece a un pesebre insólito, están Mercurio, el Mono, Irma, la vaca y Ares, el perro, que ya se ha cansado de ladrar y ahora alarga el cuello hacia arriba como aullando en una frecuencia inaudible. Están sujetos y rodeados por cámaras, instrumentos de precisión y contadores de múltiples especies. Todo cubierto por una cúpula de cristal cuya base abarca, aproximadamente, la mancha que el sol produce sobre ese mismo suelo cuando está alto. Pero ahora son las doce de la noche, y a pesar de que la temperatura es primaveral, todos sienten frío, en el vientre de la roca silenciosa y húmeda.

Han cerrado las puertas.

Cero menos diez segundos.
Las alarmas de los lectores suenan al unísono con el silbido largo, igual al tono de un teléfono antes de discar, que indica condiciones perfectas. La voz mecánica de la computadora comienza a dictar el conteo regresivo.

Nueve. Ocho. Siete. Seis.
Se aceleran los pulsos. Mercurio presiente algo y se agita. La vaca está tranquila.

Cinco. Cuatro. Tres.
Ángela y Gabriel se abrazan. Marisa hace otro tanto con Frank. Los niños se apretujan unos contra otros. Murch mira a Colony.
Dos. Uno.
Todos aguantan la respiración.

CERO
El rayo violeta, helado, atraviesa el corazón del cristal sobre la torreta del islote, cuando las olas detienen por un infinitesimal instante su asedio, con las crestas elevadas como en una plegaria.

De allí se eleva en un ángulo perfectamente idéntico al previsto. Las estrellas observan sin moverse, la luna llena muestra sin pudor su enorme rostro. Entonces el rayo abandona casi la atmósfera pero antes, igual que si rebotara contra una esfera cóncava invisible, gira, siguiendo al pie de la letra la curva diseñada en broma por Kublowsky.

Y emprende un retorno precipitado hacia el otro extremo del planeta. Rebota otra vez, semejante a una furiosa bola de billar que descubriera de pronto que está atrapada en la mesa y cae irremediablemente en su definitiva caída, que Kublowsky también previó, aunque ya con desgano, y Ozoki corrigió con aplicación.

No ha transcurrido ni un segundo aún. Ahora el rayo enfila sobre el negro mar dormido. Una isla perdida y apagada. Una cima. Una débil luminosidad. Un orificio.

Hiere de muerte al segundo cristal. No, es él quien está herido. Se abre como un cordel o un cable de innumerables filamentos. Como una flor invertida. Irradia e ilumina una escena con luz enceguecedora. Mil, cien mil relámpagos.

Y abarca la cúpula donde los tres animales son ya sólo una mancha blanca brillante y confusa que desdibuja sus contornos.

El cronoscopio gira enloquecido con un silbido y se detiene en seco.

Y la mancha blanca, contrariando todos los cálculos. Se esparce más allá de los límites de la cúpula, en una pleamar más rápida que el tiempo, a la capilla entera. Pollack suelta un suspiro y teclea: Operación perfecta. Pero su amigo Brewer, el asistente técnico de Don Richards, desde otro lado, es decir, desde la isla, no da el "Ok", de recepción.
Pollack repite la señal.

La imagen de la capilla se ha borrado en el monitor.
-¿Qué te pasa?, -inquiere Pollack-. ¿Te ha tragado la tierra?

El cronoscopio que descansa en la mesa junto a él ha rodado hasta el borde y se estrella en el piso.

Mecánicamente, sin saber por qué, Pollack mira su reloj. Pero lo que le llama la atención no es la hora, que se sabe de memoria, sino la fecha: 12 de octubre. Algo le recuerda que es una fecha importante. No había reparado en ello.

MENOS UNO
Pollack tardó un año en juntar las piezas del rompecabezas para tratar de entender lo que había sucedido.
Cuando confirmó por todos los medios a su alcance que la otra parte del equipo había desaparecido irremisiblemente, junto con los niños y todos los seres vivos que una vez habían poblado la isla, tomó clara conciencia de que había cumplido órdenes sin saber a qué propósito servía su trabajo.
Durante un tiempo, mientras desmantelaban las instalaciones del monasterio y sus llamadas al cuartel general en New York no obtenían ninguna respuesta, porque todo el personal de la Corporación se dedicaba día y noche a investigar la desaparición del Presidente, su sobrina y sus más cercanos colaboradores, pensó que se trataba de una broma pesada que alguien le había jugado.

Poco a poco fue comprendiendo que las innumerables pruebas de que aquello había ocurrido realmente contaban por su ausencia y no por su presencia.
Y esa ausencia era evidente, pero sólo para él mismo: no era demostrable para nadie más.

Él sabía, pero su convicción era intransferible. Para los demás, el simplemente creía.

Fue así como se topó sin quererlo con la paradójica esencia de la Fe.

Y se dio cuenta de que los que se dicen creyentes son muy pocas veces los que la tienen, porque la verdadera fe no es una creencia sino una convicción.

Durante meses fue juntando las piezas del rompecabezas que estaban a su alcance para entender lo que había sucedido.

Para la gente de su equipo en el monasterio, lo único claro era que la señal se había perdido y que por esa razón la misión había finalizado.

Era inútil buscar entre ellos a algún confidente a quien explicar lo que realmente estaba pasando. Habían sido asignados a una misión y se habían limitado a cumplir instrucciones técnicas.

Después de recoger sus equipos habían regresado casa, como en otras muchas ocasiones.

Cuando viajó a la Isla por su propia cuenta, porque los empleados de la fundación no sabían siquiera de su existencia, los habitantes del pueblo costero más cercano le dijeron que "Los Locos y los niños "se habían marchado "el día de la tormenta". Nadie sabía cómo, pero eso no importaba mucho, porque nadie supo tampoco de qué manera habían llegado.

Tuvo que admitir, y esto le costó más que lo otro, que era el único testigo de un milagro.

Y que nadie cree en milagros a menos que se repitan.

Y que cuando se repiten ya nadie cree tampoco en ellos, porque se vuelven algo "normal".

Pero no desistió. Siguió buscando.

Y un día cualquiera apareció en su buzón un sobre con el membrete de la Fundación. Una secretaria de New York a la que había llamado cientos de veces para que buscara algo que se relacionara con el proyecto (ella insistía en que no había tal proyecto, ni existía tal isla, ni tales Colony, Luna, Tahl, etc.) le enviaba la fotocopia de un documento que no sabía dónde colocar, porque no tenía las referencias de archivo requeridas por el sistema.

Fue así como llegó a su poder el Informe.

En el reverso de la última página alguien había escrito a mano un nombre y un teléfono. Kublowsky. Le decía algo, pero no sabía qué.

Fue suficiente teclear el nombre en el motor de búsqueda de su ordenador para enterarse de que se trataba del célebre físico.

Y no fue difícil convencerlo de que lo recibiera; el hombre había quedado a la espera de noticias y nunca más se habían comunicado con él, le dijo algo molesto.

00000000000

Pasaron horas hablando en el jardín de la casa del científico. Comenzaba el otoño y las hojas de todos los posibles tonos entre el amarillo y el sepia oscuro adornaban las copas de los árboles del bosque que rodeaba la casa y producían la sensación de que un capítulo de la vida terminaba apaciblemente.

- Por lo que me dice- concluyó el físico después de tomar notas y consultar libros con interés creciente- puede que hayan encontrado la fórmula que a mí se me escapó.
- Quiere decir que su negativa rotunda podía estar equivocada.

El hombre sonrió.

- Un científico que no se equivoque no merece el título- dijo. – La equivocación es nuestra principal materia prima, Pollack. Ud. debería saberlo.
- ¿Y qué piensa que sucedió?
- No lo sé. Pero por lo que usted me relata, es posible (y subraye "posible") que las dos fórmulas – la mía y la de sus amigos- estuvieran incorrectas. Juntando ambas, pueden haber encontrado la tercera: el atajo que venimos buscando hace cien años.

-¿El atajo?

- Verá.- Kublowsky cargaba la pipa con cuidado, mientras su cerebro buscaba las palabras justas- ...en términos teóricos podemos imaginar al menos 10 dimensiones. Subraye "imaginar". Eso ya es materia de divulgación: está en todos los libros de texto.

Sin embargo, sólo podemos comprehender realmente tres...o cuatro.

Aunque casi siempre nos contentamos con dos. Una pregunta...- Pollack lo escuchaba con toda la atención de que era capaz.

-¿Sí?

- ¿Cuántas caras tiene una moneda, a su criterio?
- Dos – respondió el ingeniero sin pensar.

Kublowsky soltó algo de humo y una sonrisa.

Metió la mano en un bolsillo y sacó una moneda. La colocó en la mesa con cuidado, de canto, y fijó su mirada en el rostro de Pollack.

- Ya sé que tiene tres, claro que lo sé –respondió éste algo molesto- todo el mundo sabe...
- Todo el mundo sabe – interrumpió el Premio Nobel- Por eso poca gente ve. Subraye "ve". Todo el mundo sabía hasta Copérnico que el Sol daba vueltas a la tierra... ¿No?

Pollack pensó que no merecía aquella clase de principios científicos para principiantes, pero pensó también que el anciano era su única esperanza.

Sonrió como un crío que está haciendo un gran descubrimiento.

- Cuénteme más – dijo.
- Es poco más lo que puedo contarle, querido amigo. Pero...

De pronto algo pareció iluminarse en la mirada del profesor.

"Pasó un ángel", pensó Pollack después de la larguísima pausa.

- ¿Pero...?

Ya no podía contener su ansiedad.

- Pero puede que los críos de que me habla y toda esa gente aún esté en la isla de que me habla.

- Le aseguro que no hay nada allí. Pasé una semana buscando rastros. No hay nada en absoluto. Nada.

- Justamente. ¿No le parece raro que no haya..."nada".?

- No lo entiendo.

- Es fácil. Si imagina. Einstein decía que la imaginación es más importante que la inteligencia. Creo que le robó la idea a Julio Verne, pero es sólo una teoría mía.- Pollack siguió escuchando sin responder. Sabía ahora que era mejor no hacer preguntas y dejar que el hombre hablase. Le gustaba hablar. El oficio de profesor...

El viejo tomó una de las numerosas hojas de papel que cubrían la mesa de jardín y un lápiz.

Con él dibujó una forma irregular. Junto a ella hizo una cruz, que luego convirtió en un diagrama tosco – no era un gran dibujante- en el que marcó cuatro letras. N-S-WE

- En lenguaje de marinos se dice Noviembre, Sierra, Whisky, Eco...

Pollack conocía perfectamente el lenguaje.

- Una rosa de los vientos- dijo.

- Sí. Y ésta – señaló el físico con la punta del lápiz la forma irregular que había dibujado antes- es su isla.

-¿Y bien?

- Que esa isla tiene una coordenadas en el espacio...tal latitud y tal longitud...

¿Cierto?

- Absolutamente cierto.

- Esas coordenadas son convencionales. Se refieren a líneas imaginarias que llamamos paralelos y meridianos.

- Así es... pero no veo a dónde quiere llegar.

- A donde quiero llegar, amigo mío...es a que sólo contamos con coordenadas espaciales porque pensamos que los lugares están siempre allí...lo que es indiscutible.

El problema no está en el dónde (subraye "dónde") sino en el "cuando"-

Pollack sintió algo parecido a la iluminación que había visto en su interlocutor hacía un momento.

-¿Quiere decir que pueden seguir estando en el mismo lugar del espacio pero que se han movido en el tiempo?

Por toda respuesta, el anciano sonrió.

Estaba satisfecho de comprobar que seguía siendo un buen profesor, a pesar de llevar ya años de retiro.

0000000000
Ben esperaba a Ron Pollack con una sonrisa burlona.
- ¿Quién se casa? ¿Tu novia, acaso?-
El ingeniero acababa de entrar al café para su desayuno diario y no sabía de qué le estaba hablando Ben.
- Me han dejado una carta para ti. ¿Es que no tienes buzón en tu edificio?-
Ron recibió el sobre y lo miró sin entender,
Era del tipo que se utiliza para las bodas; un papel de lujo y su nombre escrito en fina caligrafía con tinta china.
Después de tomarse un gran café lo abrió con cuidado. No tenía noticias de ningún matrimonio cercano entre sus familiares o amigos.
La tarjeta color crema mostraba el siguiente texto.
La comunidad de Urania
Tiene el honor de invitarlo
A la boda de
Angela Lynn y Art Gabriel
Que tendrá lugar en la capilla de la isla El 12 de octubre A las 12 horas.
Del año...

Ron no se hizo preguntas acerca de la razón por la que el espacio para el año estaba en blanco. Sólo buscó con angustia la ventanita de la fecha en su reloj pulsera: marcaba el día 10.

000000000000

Alguien que hubiese estado en aquel lugar de la isla a aquella hora hubiese observado un suceso difícil de explicar. Pero no había nadie, a excepción del mismo Pollack.
De pie en el sitio donde una vez se había levantado la capilla que había observado desde el Caribe a través de las cámaras de vídeo, el hombre observaba un cronómetro y miraba al cielo.
El sol estaba casi en su punto más alto para la época.
Treinta segundos más tarde, el testigo que no estaba allí hubiera visto cómo el hombre de pie en la mitad del descampado se esfumaba como por encanto. Lo que él sintió, pero que ningún testigo hubiese podido sentir con él, fue un gran aplauso y una cantidad enorme de risas y gritos de alegría.
Rodeado por todos, se vio de pronto en el interior de una hermosa catedral que le recordaba algo la Sagrada Familia de Gaudí.
En el altar, un sacerdote comenzaba a oficiar una ceremonia de matrimonio.
La música del "Ave maría" de Schubert inundó el espacio. Sonaba con un

curioso toque de jazz.

Un niño que lo miraba con fijeza hizo que Pollack se observara a sí mismo. Para su enorme sorpresa se vio vestido con un impecable traje de etiqueta.

FIN
de
LA ROSA DE LOS TIEMPOS